布衣皇后杨桂枝

江涌贵　王塔新　编著

BUYI HUANGHOU
YANGGUIZHI

吉林文史出版社
JILIN WENSHI CHUBANSHE

图书在版编目（CIP）数据

布衣皇后杨桂枝 / 江涌贵, 王塔新编著. --长春：吉林文史出版社, 2023.10

ISBN 978-7-5472-9541-0

Ⅰ.①布… Ⅱ.①江… ②王… Ⅲ.传记文学-中国-当代 Ⅳ.①I25

中国国家版本馆CIP数据核字（2023）第192264号

布衣皇后杨桂枝
BUYI HUANGHOU YANGGUIZHI

编　　著	江涌贵　王塔新	
出 版 人	张　强	
责任编辑	钟　杉	
封面设计	西　子	
出版发行	吉林文史出版社	
电　　话	0431-81629357	
地　　址	长春市净月区福祉大路5788号	
网　　址	www.jlws.com.cn	
印　　刷	成都勤德印务有限公司	
开　　本	145 mm×210 mm　1/32	
印　　张	6.5　　　插　页　8	
字　　数	160千字	
版 印 次	2023年10月第1版　2023年10月第1次印刷	
书　　号	ISBN 978-7-5472-9541-0	
定　　价	48.00元	

⚘ 宋宁宗皇后杨桂枝（资料照片）

⊙ 杨桂枝在后宫（杨桂枝生平馆中塑像摄影）

▲ 淳安县杨氏始祖地:里商乡十五坑杉树坞龙门墩杨家基遗址　江涌贵摄

▲ 淳安县杨氏首迁地——里商乡五兴村杨家村自然村　江涌贵摄

3

⬆ 鱼泉村皇后坪自然村（村后平地，俗称高坪） 　江涌贵摄

⬆ 鱼泉村考坑自然村(左上方平地传说为杨桂枝兄杨次山后代居住地) 　江涌贵摄

⬆ 坐落在皇后坪村中的杨桂枝衣冠冢　江涌贵摄

⬆ 杨桂枝爷爷杨宇画像（宗谱翻拍）

⬆ 杨桂枝父亲杨纪画像（宗谱翻拍）

🔺 皇后坪宇公（即杨桂枝爷爷）墓图

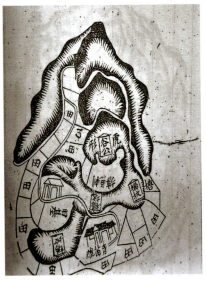

🔺 桂枝里居图

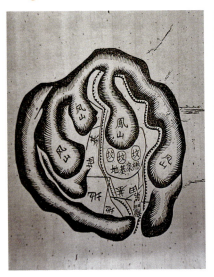

🔺 杉树坞古墓图

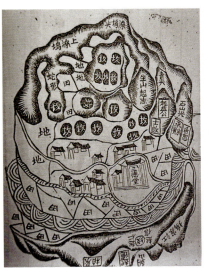

🔺 杨家村里居图

◉ 淳安县里商乡鱼泉村"两委"领导班子成员合影

▶ 郭汝中，杭州千宿文旅酒店管理有限公司董事长

◉ 叶新忠，浙江淳安县里商乡人。现任广西壮象集团（香杉槐）董事长、广西林业产业行业协会细木板分会会长、广西融安县香杉生态产业协会会长、融安县新阶层人士联谊会会长，广西柳州市人大代表

▶ 商学军，杭州钱淳供应链有限公司总经理

△ 坐落于皇后坪村右侧（面对村庄）约500米的桂枝塘旧址　江涌贵摄

△ 桂枝桥　江涌贵摄

谨以此书

纪念淳安县历史上第一位布衣皇后

杨桂枝诞辰 860 周年

（1162—2022）

序

　　淳安县有着悠久的历史和灿烂的文化。建安十三年（208），吴国孙权遣威武中郎将贺齐击山越，平黟歙，分歙东叶乡置始新县（今淳安县），分歙南武强乡置新定县（原遂安县）。1958年10月，经国务院批准，撤销遂安县建制，与淳安县合并，建立新的淳安县。在1800余年的历史长河中，淳安县曾出现过许多名人志士，其中，里商乡就有宋宁宗皇后杨桂枝和明朝三元宰相商辂两人。他们的存在，为文韵淳安添写了浓墨重彩的一笔。

　　里商乡地处千岛湖的东南，山清水秀，不仅自然资源优越，而且人文历史资源也十分丰富。这里，历史悠久，源远流长，文化底蕴十分厚重，古迹众多，是一个有着历史沧桑和文化积淀的乡镇。该乡境内除了商辂花厅、西楚霸王庙、武肃王祠、张良墓、文源古道、皇戚墓冢等文物遗存，还有施姑仙寺、独山寺、浙西观音庙等13个景观；洞灵庵、天师庙、方判府祠等10个民俗活动场所，是一个集儒教、道教和佛教文化为一体的多元文化汇集地。

　　杨桂枝是里商乡人，祖居里商十五坑（现属石湾行政村）杉树坞龙门墈杨家基。淳安杨氏第五代、第六代迁至本乡杨家村（现属五兴村）和巧坑桂枝塘（现属鱼泉村）。淳安乡下人口头上对小山溪都称"坑"，而"坑"与"溪"在当地方言中都是小河流的意思。鱼泉村的考坑自然村前有一条商源溪，过去这里曾被称作"巧坑""巧溪"。由于历史更迭、时代演变、人口迁徙等原因，"巧坑""巧溪"逐渐演变成"考坑"了。因此，巧坑、巧溪、考坑，包括今天的皇后坪自然村，实际上是一个地域范围。据《宏农杨氏宗谱》记载，高坪是块风水宝地。鱼泉村皇后坪自然村（古称高坪），有杨氏祖坟，基前有御笔亲题"国戚皇冢"四字石碑，基下建有"承恩第"石坊。后来，坟上石碑、石坊被拆去造田砌石磅、建茶厂、做地基了，现墓冢遗址是在原址上重新修建的。杨桂枝被册封为皇后后，"高坪"改称"皇后坪"，一直沿用到今天。因年代久远，墓地已毁，荡然无存。

在皇后坪村右侧（面对村庄方向）前方500余米，土名叫田垄里之处，有个小水塘。据调查，这个水塘应是桂枝塘。该水塘距离杨氏第六代迁徙至考坑自然村左（面对村庄方向）后方，现称作"后坪"的居住地也不过400来米。这个水塘因长期无人管理和使用，现长满了蒿草。《宏农杨氏宗谱》记载，这个水塘原先叫"刺鱼塘"，杨桂枝被册封为皇后后，为了纪念她，村人把它改称为"桂枝塘"的。后来，历次续修《杨氏宗谱》时，就直接写为"桂枝塘"了。

在皇后坪自然村村中央，里商乡政府修建了杨桂枝的衣冠冢，并利用村大会堂建立了一个杨桂枝生平馆，展示了她那传奇的人生。南宋宁宗皇后杨桂枝，出身贱微，却平步青云，最终登上皇后宝座。她处事果断，处乱不惊，始终把握主动权；她机警睿智，在垂帘听政不久便审时度势，急流勇退，安享晚年；她多才多艺，能歌善舞，又能书善画，还能填词作诗，为后宫增添了浓厚的文化氛围。她，从一介平民到南宋皇后，仅此一点，我们就知道她的一生极富传奇色彩了。

宋宁宗赵扩册封杨桂枝为皇后，这位出身平民的皇后性机警、知古今，也借此机会，充分展现了自己富有智谋的政治家风采。她在政治以外的表现，也为后人所称道。一是体恤百姓。出身寒门的杨桂枝在当皇后期间，得知江浙百姓苦于一种叫"生子钱"的重赋时，便请求宁宗"尽免两浙生子钱"。二是家教严明。在杨皇后的谆谆教诲下，其兄杨次山虽显贵但不干预国政，时称贤臣。以后，杨家皇亲世代显赫，但从无仗势欺民现象，德彰萧然。三是文艺上的成就引人注目。她"善通经史"，工于诗，善书画。她是个诗人，由宋理宗书名的《杨太后官词》，是杨皇后以宫廷生活为题材写的一部诗词集，流传至今的有 50 首。她是个书法家，她书写的《道德经》至今尚存，字体娟秀工整，"波撇秀颖"。她是个美术家，现存的画作有《宋杨婕妤百花图卷》《樱花黄鹂图》和《月下把杯图》。这些诗画作品，是南宋诗苑画坛中的一朵奇葩。她作为一代皇后，如此多才多艺，实在令人称奇。

经济社会的发展，离不开历史文化的传承。江涌贵和王塔新两位退休的老同志，他们从关心淳安县的历史文化出发，着手编撰这本历史人物著作。为写好这本《布衣皇后杨桂枝》一书，本着历史的真实性和丰富性，他们不辞辛苦、跋山涉水，深入到杨桂枝出生地采访和拍摄珍贵的照片；他们查阅了相关史书，多次深入到淳安县图书馆查阅《宏农杨氏宗谱》材料；深入到基层广泛收集民间传说和故事，并对相关史料进行考证和分析研究。他们的辛勤工作，为挖掘和宣传淳安县和里商乡的历史文化做了一件大好事。此书既是一部人文历史的优秀著作，也是一部优秀的乡土文化教材。它为丰富全民的乡土文化、搞好下一代乡土文化教育，提供了极为宝贵的史料，必将为淳安县和里商乡的历史文化增添光彩。

拜读《布衣皇后杨桂枝》一书，我们要从中汲取历史文化之精华，挖掘、开发、利用好历史文化的精粹，为促进社会和经济的发展服务。

是为序。

俞樟华

2022 年 5 月 1 日

俞樟华，传记文学研究专家，浙江师范大学人文学院教授。曾任浙江师范大学教务处副处长、学术期刊社社长、《浙江师范大学学报》常务副主编。

引　言 ……………………………………………………… 1

第一章　走进里商皇后村　桂枝塘苑说分明

　　一、杨氏淳安先祖地，里商建业立家基 …………… 6

　　二、中年杨纪生龙女，绰约风姿绝色奇 …………… 9

　　三、岁月相牵来甲第，改名杨家添胜景 ………… 10

　　四、高坪圣地出皇后，桂树莲塘两相依 ………… 14

第二章　糊涂籍贯荒唐处　杨氏宗谱是准绳

　　一、真是奇误荒谬地，清源正本论英雄 ………… 19

　　二、杨氏宗谱已明载，皇后本为里商人 ………… 21

　　三、国戚墓中衣冠冢，祖坟见证历史存 ………… 23

第三章　投靠远亲张夫人　拜师学艺显聪敏

　　一、远房亲戚当女令，倾囊相授传精艺 ………… 30

　　二、严师调教登高路，刻苦学艺终有成 ………… 32

　　三、泪别养母进宫去，依依惜别师徒情 ………… 33

第四章　少年入宫展才艺　山里飞出金凤鸣

一、莲步轻捷见教养，一展演技显风光 …………… 36

二、南宋皇宫立杭州，雄伟壮观庭院芳 …………… 39

三、脱颖而出太后爱，才貌俱佳压群芳 …………… 42

第五章　一见钟情结良缘　情投意合欲传奇

一、安宁社稷平天下，太子赵扩坐龙椅 …………… 44

二、常去问安吴太后，醉翁之意从不提 …………… 46

三、暗送秋波传爱意，太后成全鸳鸯啼 …………… 47

四、红烛高燃良缘结，双双拜谢懿太后 …………… 49

第六章　如花似玉京城倾　醉里挑灯巧奉承

一、皇后空城该立谁，各有所图两派追 …………… 51

二、巧设嫦娥玉露酒，聪明伶俐计划随 …………… 52

三、席间唱词花解语，银缸绿酒醉意浓 …………… 54

第七章　官场旋涡不见底　各怀奇妙荡涟漪

一、一支毒箭双飞燕，刺客是谁难查寻 …………… 56

二、一波未平一波起，不动声色暗夜查 …………… 58

三、无意试羹救佞胥，一碗鱼羹乱深宫 …………… 61

第八章　宁宗赵扩登皇位　大权旁门落奸臣

一、宫廷政变危难地，赵扩被迫皇位登 …………… 64

二、奸臣操纵权失控，理政无方错用人 …………… 66

三、宁宗忠诚人厚道，水平虽低人品亲 …………… 67

第九章　佞胥奸邪怨声起　皇权弱势两相争

一、理政无方欲难平，有恃无恐权臣霸 …………… 69

布衣皇后杨桂枝

二、佞宦奸邪怨声大，权势遮天众人鸣 …………… 71

三、当好助手帮皇上，诛杀佞宦安民心 …………… 72

第十章　运筹帷幄斗智勇　铲除权臣赋太平

一、佞宦奸邪众人知，寻找时机正路行 …………… 75

二、模仿宁宗下圣旨，处死权臣大事成 …………… 79

三、果断铲除韩佞宦，稳定政局见分明 …………… 80

第十一章　富有情商谋政治　历史旋涡巧周旋

一、一入侯门深似海，政治明星智商全 …………… 82

二、能辨奸佞识贤德，尽显巾帼英雄天 …………… 83

三、施展机智与聪慧，历史舞台谱新篇 …………… 85

第十二章　皇后娘家出香茗　宁宗品尝上了瘾

一、文茗里商好茶叶，饮茶健身好心情 …………… 87

二、献上娘家青山绿，夫妻沐浴品甘霖 …………… 91

三、一杯玉露开颜笑，宁宗喜作醉芳心 …………… 94

第十三章　机警应对盘中局　楚河汉界好下棋

一、太子身边安亲信，探得实情施计谋 …………… 97

二、帝星陨落宫廷急，风口浪尖过天河 …………… 99

三、机警应对立皇子，扶持赵昀歌江山 …………… 101

四、将计就计换位置，井然有序惠风和 …………… 104

第十四章　家教严明延后代　知书达理德彰显

一、杨氏家规二十则，良好家风世代传 …………… 107

二、严格家风育后代，安身立命重人缘 …………… 114

三、知恩图报心地善，德行天下权为民 …………… 116

四、清白忠贞识大体，书中风雨永家传 …………………… 118

第十五章　常怀感恩保本质　体恤百姓品德高

一、女儿进宫不怪母，养育之恩牢记心 …………………… 122

二、册封皇后谢太后，栽培之恩瀑布情 …………………… 124

三、故乡省亲应节俭，胸中不忘众乡亲 …………………… 125

四、体恤百姓交奏折，风华一曲后来人 …………………… 126

五、兄妹出资把桥建，杨村桥镇远留名 …………………… 126

第十六章　象征听政行国策　主动撤帘向光明

一、垂帘听政服民众，处理政务得民心 …………………… 129

二、审时度势把帘撤，赢得朝廷百官评 …………………… 131

第十七章　一支妙笔写升平　宫廷走出女诗人

一、深居宫廷勤学习，笔下云烟诗生成 …………………… 133

二、委婉说闲含艺术，升平诗歌成典型 …………………… 135

三、情思绵绵诗丰富，字里行间换乾坤 …………………… 137

第十八章　美术史上第一女　满园春色百花图

一、能诗会画懂书法，艺术高峰展云都 …………………… 140

二、存世瑰宝藏福地，诗苑画坛碧玉壶 …………………… 146

三、宋杨婕好百花景，艺术造诣远征途 …………………… 147

第十九章　诗歌书法配图画　宫廷艺术显风流

一、波撇秀颖见功力，南宋杰出书法家 …………………… 150

二、诗歌图画加书法，有机结合绝代佳 …………………… 151

三、书画相融显风采，题画墨宝传世人 …………………… 155

四、妹子杨娃秀丽人，皇后美名嘉桂枝 …………………… 157

第二十章　功过是非评国粹　人间和顺天下亲

　　一、机警明慧通经史，岁月深处知古今 …………… 162

　　二、诗山画水草木深，细雨清风天地新 …………… 163

　　三、措施果断手段硬，机警睿智勤理政 …………… 164

　　四、正本清源经历练，金杯把酒壮盛行 …………… 165

第二十一章　实录宫词世代吟　余音缭绕唱往情

　　一、实录《宫词》四十九，升平盛世藏诗中 ……… 167

　　二、身临其境欣赏美，江山诗画古今通 …………… 174

第二十二章　多才多艺杨桂枝　一代皇后留英名

　　一、人生历程千帆过，升平盛世美名留 …………… 182

　　二、出类拔萃杨皇后，绝代佳人写春秋 …………… 184

后　记 ………………………………………………… 186

目
录

引　言

　　翻开波澜壮阔的中国历史，首先跃入眼帘的是许多扭转乾坤、叱咤风云的皇帝和宰相，还有那些皇室的皇后和皇太后。在皇权社会里，皇后的位置非常特殊，发挥着至关重要的作用。不管是功高爵显的皇后，还是罪恶昭著的皇后，她们都在人们的脑海里留下了深深的烙印。

　　在中国历史上，不乏一些好皇后，如南宋的宁宗皇后杨桂枝。她，才貌双全，多才多艺，文能治国，忧国忧民，直言忠谏，对上辅佐天子，对下安抚百姓。她，有政治家的雄韬伟略，将国家治理得井井有条，促进了社会的发展。

　　淳安县里商乡，是宋宁宗皇后杨桂枝的故乡。

　　杨桂枝（1162—1232），南宋睦州青溪辽源（今淳安县里商乡）十五坑杉树坞龙门堪杨家基人。其祖父杨宇，河南开封人，于靖康二年（1127）因靖康之变迁徙至睦州青溪县城太平桥；后因冠人扰乱，再移居辽源十五坑。据多种史料和民间故事，杨桂枝少年时随生母张氏的远房亲戚、民间艺人张夫人（也是杨桂枝的养母）学艺。杨桂枝13岁那年，因养母张夫人身体有疾，又被吴太后（宋高宗赵构的皇后）召入宫廷，桂枝遂代替养母进宫献艺。由于杨桂枝漂亮、聪明，舞功、唱功都不错，且通经史、工于诗、善于画，再加上"举动无不当后意"，深得吴太后宠爱，就把她一直留在身边。

杨桂枝由一介民间艺人入宫，经过 20 年的努力，跃上贵妃之位。然而，此时宋宁宗已有了皇后——韩氏。韩氏是北宋名臣韩琦的六世孙女，也是当朝权臣韩侂胄的侄女。韩氏原是选入宫中专门伺候吴太后的宫女，因善解人意，深得吴太后欢心，遂将她赐给当时还是太子的赵扩为妻。因韩氏出身名门，加上又是吴太后御赐，身份特殊，一到赵扩府邸就被封为新安郡夫人，后晋封为崇国夫人。赵扩当上皇帝后，韩氏被封为皇后。但韩皇后红颜薄命，只当了 6 年皇后，于庆元六年（1200）病故。

杨桂枝从 41 岁被册封为皇后，至 62 岁被理宗尊为皇太后，当了近 22 年统领后宫的皇后；被尊为皇太后后，又经理宗赵昀再三恳请垂帘听政，执掌朝纲，以理国事。但杨桂枝心里明白，自己已违背了太祖、太宗制定的"后妃不得干政"的祖宗家法。在这种自责的心理驱使下，杨桂枝经常告诫家人外戚，虽然身份不一样，但都不能干预国政。如其兄杨次山虽贵为国舅，也只能当个小小的知间门事，时称贤臣；侄儿杨谷、杨石仅获得新安郡王、永宁郡王的封号，并无实权。此后，杨后皇亲世代显赫，但从无仗势欺民之现象，德彰萧然。宝庆元年（1225）四月七日，杨太后手书"多病，自今免垂帘听政"，主动向百官宣布还政理宗，这距她开始垂帘听政仅 7 个月。理宗曾两次恳求杨太后继续垂帘，杨氏都没有答应，而是移驾慈明殿安享晚年。

穿越历史的时空，回顾朝代更替的历史风云，杨桂枝是个知名的人物。她，因家境贫寒，母亲把她送到远房亲戚张夫人那儿去学习演唱。她，13岁的时候，通过代替师傅张夫人进宫演唱这一偶然机会，以民间艺人的身份入宫。她，一展歌喉，翩翩起舞，演技出色，得到吴太后的赞赏和厚爱。由于她聪明伶俐，很有文艺天赋，学有成就，出类拔萃，于是，从淳安县里商乡（时称仁寿乡）走进皇宫，并成为吴太后十分宠爱的宫女。赵扩当上皇帝后，吴太后又把杨桂枝赐给他，结为夫妻。从庆元元年（1195）始封为平乐郡夫人，尔后从婕妤、婉仪、贵妃一路晋封，步步升级。嘉泰二年（1202），被宁宗立为皇后。嘉定十四年（1221），宁宗去世，理宗即位，又尊其为皇太后，并垂帘听政。次年四月，她审时度势，主动撤销垂帘听政。1232年，杨桂枝病故，封恭圣仁烈皇太后。

在《宏农杨氏宗谱》宋恭圣仁烈皇太后实录中，这样记述："嘉泰二年壬戌岁十二月立为宁宗皇后，后性聪颖，能独奸险，别贤良时。上有尤色后从容，进纳陈言及有豫色，又进言君臣之义重，而夫妇之义次之。其待下侍仆宫妃，宁恕无刻，毫无嫌忌之心。有亲制宫词五十首，以行世嘉定十七年甲申八月上有疾，后侍汤药，夜不解带，四十余日，迨至帝崩。"

杨桂枝从乡下走进宫廷，从宫女成为宋宁宗赵扩之爱妻，进而被册封为皇后。宋理宗即位后，又尊为皇太后。杨桂枝病故后，加谥恭圣仁烈。其时，她父亲杨纪四代诰封王爵，皇帝敕命建坊第，世莫与京。

巾帼不让须眉。杨桂枝作为一代皇后，如此多才多艺，实在令人称奇。首先，她在艺术上全面发展，"善通经史"，工于诗，善书画，成绩卓著，引人注目。其次，她是一个有勇有谋的政治家。在朝廷政治事件中，显示了她的睿智和机警。她化解了一场场政治危机，铲除奸相韩侂胄，辅助皇子赵昀登基，主动撤销垂帘听政。

淳安县历史上第一位皇后——杨桂枝，是里商人民的自豪，也是淳安人民的骄傲！

古人不识今时月，今月曾经照古人。我们追忆记述她，是为了学习她的雄才伟略，赞美她的多才多艺。我们追寻历史足迹，是为了更好地展望未来。我们可以从杨桂枝的为人处世，去品味她非凡的人生；可以从她的一生中，了解封建王朝的更迭交替；可以从她的人生经历中，更深地了解中华民族千年的沧桑历史，做一个无愧于时代的中华儿女。

正是：

淳安胜地出贤良，皇后故乡在里商。
姿容绝世入宫殿，桂香枝舞远名扬。
涛声夜儿仁风畅，柳色春藏德韵彰。
寒窗儿女仁者寿，僻路风霜智而昌。

第一章
走进里商皇后村　桂枝塘苑说分明

　　我们驱车从里商乡人民政府所在地里阳村大千古街出发，沿着洁净的水泥公路行驶3.5千米，穿过一个隘口，眼前豁然开朗。在群山环抱之中，一个约3平方千米的盆地展现在我们的眼前，这就是闻名遐迩的鱼泉村。走进村口，公路的右边墙上的"布衣皇后欢迎您"七个大字映入眼帘，让初来乍到的我们一时感觉新鲜又好奇。它告诉来访的客人们，这里是宋宁宗皇后杨桂枝的娘家。

里商乡大千古街　江涌贵/摄

一、杨氏淳安先祖地，里商建业立家基

里商乡，地处千岛湖东南，距县城千岛湖镇 26 千米。东与石林镇毗邻，南与建德市交界，西与安阳乡接壤，北靠千岛湖镇。全乡地域面积 276 平方千米，辖 16 个行政村，总人口 1.17 万。古属淳安县三十一都。宋代称潦家源、潦源，明代称文源，明以后称商家源。

南宋淳熙丙午年（1186）《严州图经》记载，宋时淳安县设 14 乡、112 里（实载 110 里）。现在的里商乡，当时叫仁寿乡，辖云象、义含、飞龙、新期、风潭、赖爵、方村、浦首、凌祐、察源等 11 个里（村）。1928 年，淳安县共设 10 个区，264 里，今里商乡归仁寿区；1935 年 5 月，合并 284 个乡镇为 66 个乡镇，如今的里商乡归港口区。之后，里商乡又分为外商、里商两个乡。中华人民共和国成立后归属港口区，分为里商、许源、洞坑三个乡。20 世纪 80 年代，分为里商、里阳、许源三个乡。1992 年，里阳、里商合并为里商乡。2001 年，撤销许源、里商乡，建立新的里商乡。

里商乡，历史文化底蕴深厚。这里是南宋皇后杨桂枝的娘家、明朝"三元宰相"商辂的出生地。近年来，里商乡政府在相关村里挖掘、收集史料，并建立杨桂枝生平馆、商辂展示馆、三元阁、玄武大帝道教文化遗址、皇后墓遗址，开发省级非物质文化遗产里商仁灯等文化资源。

《宏农杨氏家谱》世纪引记载："予族尊宇公为一世始者，何也？盖谓宇公迁居辽源以后，子孙发祥，四境凡青溪、遂阳（遂安）、昌化、金（州）、衢（州）、信（州，属江西省），杨氏由辽源而出者悉其裔也！且自宇公以来，居有其地、葬有其冢、生有其辰、死有其忌。产业德行功名，显绩炳然。于在子孙安享其泽国，终难设，虽今姓氏番衍，星列棋布，诸家传述，各执其辞，纷纷不一。予族尚得先代旧集留传于今。"从宗谱记载我们可以看出，淳安、遂安、建德、昌化、金华、衢州、江西上饶等地的杨氏都是从淳安里商出去的。

杨氏一脉初迁里商时，实际上不在现在的十五坑村，而是在离十五坑村 500 多米的高山上，称作杉树坞龙门㘭杨家基。现在的十五坑村自古以来，均以解姓为主，从来没有杨姓人氏居住过。

我们从离十五坑自然村 2 千米的山弯处，开始爬山。眼前的山坞叫杉树坞，四周披满绿茸茸的山峰，都呈着雨后的清新，空气里到处浮荡着野草嫩枝的香味。溪水潺潺，流到远处，便融入石山静寂的怀里。山峰上的树木葱茏青翠，呈现一派盎然的生机。走到机耕路尽头，有两三千米便是羊肠小道了。拾级而上一段路后，基本上就没有什么道路了，沿着草丛中的一点儿"路"的影子横走过去，又听到

龙门㘭　江涌贵/摄

哗哗的流水声。村人说，这里就是龙门墥（因赐龙门第，又称"龙门"）了。

在去龙门墥的右手路边上，有一个石头雕刻成的小小的石庙门碑。走近一看，上面从右往左刻着"大清道光四年荷月造"几个字。按公元计算，应是 1824 年 6 月造，至今近 200 年了。左右石柱上刻有一副对联，上联（右）是：尊佛近居龙门上；下联（左）是：神圣长保杨家坞。中间凹进去有块石板，没看到文字。看上去，应是可供人们烧香祭拜的。这一遗迹说明，200 年前，此处仍有杨氏人居住。

龙门墥路边小石庙　江涌贵/摄

龙门墥再往上走去，就是一处山坡，此处古地名叫杨家基（因曾是杨氏人家的老村址，故又称作"杨家屋基"），这里才是真正的杨氏始祖地。起初，杨桂枝的爷爷和父亲就是从淳安老县城太平桥迁至这里安家落户的。现在，山林中老房子地基轮廓仍依稀可见，因已长满树木、杂草，无法看出原始村落的形状了。

二、中年杨纪生龙女，绰约风姿绝色奇

据说，南宋绍兴三十二年（1162）二月十二日晚饭后，因妻子张氏今日临盆，杨纪便早早请来了接生婆。掌灯时分，妻子肚子隐隐作痛，杨纪不敢怠慢，却又插不上手，急得左也不是、右也不是，站也不是、坐也不是，在屋内团团转。累了，便坐在堂前听候着动静。等呀等，杨纪不知不觉迷迷糊糊地睡着了。也不知过了多久，他恍恍惚惚看见一个白发苍髯老人，头戴八角巾，身披绿锦袍，手执丹桂一支，从天上月中飘然而来，用羽扇招公，忻然以丹桂与公公即怀旧，欲种之。忽然，当庭梦中听到鼓乐之声起。视中庭，只见紫气霞光旋绕居室。杨纪犹觉诧异，这不乱了季节？未及细究，鼻子里已扑进一股丹桂之香气。他心想，种在自家庭院也好，于是起身来到门外，但见满院紫气氤氲，不禁有些看呆了……

子时，在淳安辽源十五坑杉树坞龙门墈一户农家小屋里诞生了一个女婴，她即是后来的恭圣仁烈皇太后杨桂枝。

"哇——哇——哇——"的啼哭声，从房内冲出。那清脆、洪亮的啼哭声，响彻整个山坞，惊扰了这个小小的山村，连那沉静的鸟儿也清醒地欢叫起来，给这个山坞增添了几分春色。

"生了！生了！是个女娃。"

杨纪猛然被叫声惊醒，耳边传来阵阵啼哭之声，穿云裂

帛，好生清亮。这时，他才真正清醒明白过来：妻子生了，而且是个女孩。他急忙起身，一个箭步冲进屋内。他妻子张氏向他微微一笑，见母女平安，皆大欢喜。

此前，杨纪的原配徐氏，已为他生了四子一女，这个女儿排行第六，是第二个妻子张氏所生。他听家人一顿欢叫是女婴，想起刚才那个梦境，忽有所感，故对张氏说："大女儿叫兰枝，小女儿就叫桂枝吧！"

张氏对着丈夫杨纪微微一笑，表示同意。

杨桂枝出生这一年，杨纪38岁。社会上都传说，中年得子才高兴。而杨纪中年得女儿，也高兴得合不拢嘴，像个3岁小孩一样，一天到晚乐颠颠的。杨桂枝是淳安杨姓的第三代，她前面有4个哥哥，大哥次山，二哥岐山，三哥望山，四哥冯山；一个姐姐，名叫兰枝。

三、岁月相牵来甲第，改名杨家添胜景

《宏农杨氏宗谱》记载，杨氏五代文尚公迁到这儿定居，成为杨家村（后又改杨合村）始祖。这里，原先称汪坂村，也许是杨氏人迁到此地并成为旺族而改名为杨家村的。

杨家村，现在是里商乡五兴村的自然村之一。原先称汪坂村，村外有条溪称汪溪，现称商源溪。活水泓澳，众山排闷。其间，阡陌鳞波，一碧数里，诚山川之钟秀，地灵人杰之区也！杨宇的第五代，即杨次山的曾孙文尚公，游于是溪之上，见其峰峦叠嶂，流出涟漪，山水抱环，四围耸翠，望若巫山。不觉喟然叹曰："是地也，诚可以适吾志矣。"遂鸠工庀材筑室，携其家拿，由十五坑而徙居焉。课农桑，勤诵读，或登

10

淳安杨氏首迁地——里商乡五兴村杨家村自然村　江涌贵/摄

高，或临深，俯仰适情。不忘其祖宗清白之遗风。余虽未得亲
炙其美，适以其裔孙起英、承位、士沧等力行纠合，董理统
宗，重修家谱，素述其由及，观其宗谱所载公之生平实录，不
禁此心深契慕公之，隐德诵公之懿行。且因起英等克缵先猷敦
和宗族，故乐为杨氏志以垂于后，为今之后者岂曰：继犹判
涣乎。

　　宗谱上留有描写村景诗 5 首，转录如下：

杨家村（汪坂村）村景诗

其一

椒房大第住杨村，仁烈恭圣万古传。

可喜宋朝尊二后，宏农姓氏蜜如甜。

其二

桓温插柳大十围，三德堂前可比栽。
草色人帘青不改，苔痕上阁绿常开。

其三

源泉混混望东流，日夜无休到楚州。
鸭在滩头觅饵食，人游水面执钓钩。

其四

山峦丰丽水清秀，满色桃花与石榴。
济士文人多崛起，及时金榜皆升头。

其五

山谷争传伐木声，醉人梦里听其音。
霞光烟溢如云聚，日暮黄宫望士林。

1919 年小阳月吉旦

二十八世孙邑庠生桑梓荫谨题

　　始居地杨家基在山上，从杨家基到现在的十五坑自然村有5000多米路程，而现属五兴村的杨家村（后改杨合村）又是另一地方了。杨家村，地势开阔、平整，自然环境优美。为了改善生活条件，他们从山上搬迁到山下一个地理位置开阔平整的地方，以姓为村名，是顺理成章的事。据此推测，杨桂枝可能出生在杉树坞龙门塇杨家基。

　　我们走进里商乡五兴村，桥头边竖着一块村标，深蓝色的底板上写着"杨家村"三个白色字，格外醒目。举目穿过商源溪，前方就是杨家村。

杨家村，正是由杨氏第五代从杉树坞龙门墈杨家基迁至这里而形成的。宗谱上记载村上有个杨氏宗祠，叫三德堂，大门有一副对联，上联是：一门生八子，下联是：四世出三公。这就是证明。

　　五兴村，东与武源村相连，南与里商村接壤，西与江村村毗邻，北与鱼泉村交界，村域面积5.31平方千米。它是2007年由胡家村、杨合村两个行政村合并而成的，辖胡家、姜家畈、核桃坞、杨合和童畈5个自然村。商源溪由南向北穿村而过。杨家村村口有4株古樟树，需要几个人牵手才能合抱，树龄已500多年，属国家一级保护古木。杨家村，距乡政府5千米，是一个环境优美的生态小山村。有诗曰：

塔前坐对岸前山，溪水流过芭芽湾。

为有瑞之来住此，故而心悦与神闲。

里商乡五兴村杨家村自然村　江涌贵/摄

四、高坪圣地出皇后，桂树莲塘两相依

从杨家村出来，我们来到鱼泉村，这里是杨纪后代的居住地。据《宏农杨氏宗谱》，文尚公次子，任广州刺史的荣芝公，又迁至邑南仁寿乡（现里商乡）巧坑"桂枝塘"。宗谱记载，"桂枝塘"原称为"刺鱼塘"。传说，有一天，杨纪的曾孙，文尚公的次子荣芝公来到一个叫巧坑的地方，发现这里风光优美，山清水秀，气候宜人，觉得这是一块福地。于是，就决定迁至这里居住。

这里现属鱼泉村，位于淳安县南部，距淳安县城26千米，距里商乡政府3.5千米。它由皇后坪、考坑、鱼泉坞3个自然村组合而成，整个村庄都在碧绿的茶园环抱之中。全村有164户，551人。地处里商乡的中心地段，地理环境十分优越，文化底蕴非常深厚。在"泥马渡康王"之后的南宋高宗建炎元年（1127）建村，距今约有800多年的历史。1949年中华人民共和国成立后，村里建立了农会组织；1954年，三个互助组转为三个低级农业合作社，隶属于里商公社。1983年，5个生产队调整为4个村民小组。里商公社分为里商和里阳两个乡人民政府时，鱼泉村隶属里阳乡。1992年，在全县行政区域撤扩并中，里阳乡与里商乡合并为新的里商乡。2001年，又撤销许源乡并入里商乡。

1957年，村民们在党支部的领导下，以愚公移山的精神，用"敢教日月换新天"的勇气，把前山山脉凿断，让商家溪"扭转身子，改了道"。他们在一无资金、二无机械设备的条件下，发扬"破迷信，断龙脉，敢教河水让道路；战严寒，

斗酷暑，定让溪滩变良田"的精神，全凭肩挑人扛，前后用了7年多的时间，筑起一条长2700多米、高5.5米、宽3米的堤坝，把坝内的160多亩溪滩改成粮田，从而解决了全村人的吃粮问题。鱼泉村成了浙江省"农业学大寨"的先进单位，党支部书记商雪塘被评为"全国劳动模范"。1965年，该村又多方筹集资金，建成了全乡第一座小型水力发电站，结束了用煤油灯照明的历史。

鱼泉村考坑自然村，树木苍翠，环境优美，是名副其实的福地。

考坑自然村在村口右侧（面对村庄方向）有一排古柏树，它们高大威武的身躯，就像一排勇猛的卫士，忠实地守护着村民的平安。古柏树高达数十丈，粗可数围，树龄都在三五百年。有诗赞云：

> 树密朦胧昼亦昏，环来长似闭柴门。
> 培成桢干支王室，聊当藩篱镇我村。
> 云护枝头如凤盖，根盘石径若龙蹲。
> 从此保障似城廓，知是先人手泽存。

《宏农杨氏宗谱》载，杨桂枝的父亲杨纪到了十五坑安家后，又复迁淳安县城。然而，是什么时间迁县城，又是什么时间迁回里商的？无法查证清楚。据《宏农杨氏宗谱》记载，第五代（即杨纪的第三代）文尚公迁至杨家村，第六代荣芝公迁居巧坑桂枝塘。从父辈兄长的角度而言，称杨桂枝是杨家村人也是可以的。从父亲后代迁至巧坑桂枝塘、爷爷和父亲的坟墓建在皇后坪的史实来讲，称杨桂枝是皇后坪村人，也是符

15

合情理的。

在鱼泉村考坑自然村后左侧（面对考坑村方向）的半山腰间，传说是杨皇后一家的住处，面积约3亩，现在是一片茶园，屋基已荡然无存，只剩下一个地名而已。据查，"考坑"可能就是"巧坑"演变而来的。由于年代的更迭、历史的变迁、战乱等，很有可能造成笔误或口误。过去，草写"考"字，容易被认成"巧"字；从语音上看，也有可能把"巧"（qiǎo）坑念作"考"（kǎo）坑。根据地形和当时情况分析，在800多年前，这里应是一个统称为巧坑（巧溪）的地方，实际上是一个地域范围，即现在的考坑和皇后坪两个自然村的地域范围。根据地形和皇后坪村名的由来，以及《宏农杨氏宗谱》的历史记载分析，800多年前的巧坑村，随着历史的变迁、时代的发展和人口的增多，已演变成今天的考坑和皇后坪两个自然村了。

里商石湾村十五坑杉树坞　江涌贵/摄

据传，高坪这个地方树木苍翠，环境优美，是名副其实的福地，所以杨纪病故后就安葬在此。杨桂枝册封为皇后后，奉旨把她爷爷杨宇的坟墓从杉树坞迁至皇后坪，与杨纪合葬在一起。清朝的《宏农杨氏宗谱》记载："奉旨合葬于辽源巧坑里（有的史书记载为巧溪里），土名高坪，俗名皇后坪。"杨宇墓前有御笔亲题"国戚墓冢"4字，墓下有石坊曰"承恩第"。杨桂枝对爷爷奶奶、父亲母亲非常孝顺，她虽当上皇后，但仍不忘自己家乡的父老乡亲及养育她的爷爷奶奶与父母双亲之恩。她生前就留下遗嘱，她走后要把自己的衣服与爷爷和父亲同葬家乡，这才有了"衣冠冢"。如今，在皇后坪村中间就建有杨桂枝的"衣冠冢"，正是杨桂枝的衣服和爷爷、父亲合葬在一起的墓。

那么，巧坑"桂枝塘"到底在哪里？宗谱和相关史书上都没有明确记载。根据"皇后坪"是由"高坪"改称的史实，在皇后坪村右侧（面对村庄方向）前方500余米处，土名叫田垄里的位置有个小水塘。据地理位置分析，这个水塘应是桂枝塘。该水塘距离杨氏第六代迁徙至考坑自然村右方，现称作"后坪"的居住地也不过400米。目前，田垄里这个水塘，因长期无人管理和使用，里面虽有水（过去用来灌溉农田），但已长满了蒿草。《宏农杨氏宗谱》明确记载，这个水塘原先叫"刺鱼塘"，杨桂枝册封为皇后后，为了纪念她，村人把它改称为"桂枝塘"。后来，历次续修杨氏宗谱时，就直接写为"桂枝塘"了。

坐落在皇后坪村右侧约 500 米的桂枝塘旧址　江涌贵/摄

　　巧坑桂枝塘与皇后坪是同一个概念，"高坪"改"皇后坪"，是因杨桂枝父亲的坟墓建在这里，而"刺鱼塘"改"桂枝塘"也是因杨氏第六代迁到此地定居。两处改名的时间应是一致的。那么，是什么时候把"刺鱼塘"改为"桂枝塘"，把"高坪"改为"皇后坪"的？一般认为是在 1202 年杨桂枝册封为宋宁宗皇后之后。

　　这真是：

　　　　　　淳安美女初成长，鲜花开在里商香。

　　　　　　进宫献唱展才智，皇后桂枝史册扬。

　　　　　　花开共赏情怀广，月出同望意兴长。

　　　　　　波摇醉影江山丽，树透微光花草香。

第二章
糊涂籍贯荒唐处　杨氏宗谱是准绳

　　我们要了解杨桂枝这个历史人物，首先应搞清楚杨桂枝是哪里人。杨桂枝是哪里人？无论是野史还是正史，说法不一，众说纷纭，莫衷一是，疑点百出。经过查阅《宏农杨氏宗谱》《淳安县志》及询问当地杨氏的世代传承，都证明杨桂枝的爷爷、父亲一代，是住在浙江省淳安县（青溪）辽源（里商乡）十五坑杉树坞龙门塝杨家基。到宋理宗时，朝廷还在杨家基建"龙门第"牌楼呢！

一、真是奇误荒谬地，清源正本论英雄

　　杨桂枝是哪里人？史书对杨桂枝的家世说法不一，颇为扑朔迷离。

　　一般认为，《宋史》及相关史书上主要有两种误传。一是元末人陶宗仪《书史会要》记载："恭圣仁烈皇后杨氏，宁宗后，忘其姓氏。或云会稽人。杨次山者，亦会稽人，后自谓其兄也。少以姿容选入宫，颇涉书史，知古今，书法类宁宗。"二是《宋史》卷二四三《后妃列传》载："恭圣仁烈杨皇后，少以姿容选入宫，忘其姓氏，或云会稽人。庆元元年三月，封

平乐郡夫人。三年四月，进封婕妤。有杨次山者，亦会稽人，后自谓其兄也，遂姓杨氏。五年，进婉仪。六年，进贵妃。恭淑（韩）皇后崩，中宫未见所属，杨贵妃与曹美人俱有宠。"韩侂胄认为，"曹美人性柔顺，劝帝立曹。而贵妃颇涉书史，知古今，性极机警，帝竟立之"。

史书记载的这两种观点，多有隐晦处，都是自相矛盾的。在此，分别加以驳斥。

第一是说，杨桂枝因年幼离开家乡而忘记自己是哪里人、姓名是什么。这种说法实在是令人啼笑皆非、难以信服。杨桂枝8岁到养母张夫人处学艺，13岁进宫。进宫时虽年幼，但这个年龄段的小孩应是有记忆力、头脑是清楚、能分辨是非的。哪有一个生理正常的人，连自己的家乡在哪里、姓甚名谁都不知道？这是最起码的知识。况且，杨桂枝从小就是一个识文断字、能歌善舞的聪敏人。所以，史书上说这位聪颖过人的杨皇后，由于进宫时过于年幼而忘记姓氏、籍贯的解释，实在是不可思议的，令人不得不猜测，是否因出身低微而刻意回避？实际上，杨皇后的出生、成长经历，通过南宋周密《齐东野语》与《善记掌故轶闻》及明代田汝成撰《西湖游览志余》的记载，也可见其梗概。

第二是说，杨次山是会稽（浙江绍兴）人，杨桂枝又认杨次山为兄，故杨桂枝也是会稽人。一个人工作的地方与出生的地方是两个概念。杨次山本来就是淳安人，他只是在会稽（今绍兴）任职，怎又变成会稽人了呢？杨次山本来就是杨桂枝的同父异母的大哥，怎么又变成认杨次山为兄了呢？这不是无稽之谈又是什么？这种以杨次山在会稽任职而确定是会稽人，又把认杨次山为兄证明杨桂枝也是会稽人的说法，完全是

20

有意的杜撰。关于会稽之说，源于《宋史全文》中"嘉定十二年十一月辛亥，杨次山进封会稽郡王"的记载。古人常以封邑自况，所以后人在给杨次山作传时，便误以为会稽是杨次山的籍贯。"会稽山"一说，或出于此。杨次山及其子女的籍贯是淳安县里商乡，而说他是会稽山人，完全是错误的。从而使后人也以讹传讹，顺着误称杨次山为会稽人了。

堂堂的一部《宋史》竟然连一个皇后的姓氏和籍贯都无法弄清楚，简直匪夷所思。我认为，这其实是南宋皇家在当时的档案记录（各朝实录）中，有意隐删或毁灭了一些原始史料。

二、杨氏宗谱已明载，皇后本为里商人

籍贯疑存来破除，杨氏宗谱做佐证。

人们在认定某个人是哪里人、祖先是谁及宗族传承关系时，按照传统思维和人文历史，首先要查一查该姓氏的宗谱。中国汉族人氏，一般是一个姓一部宗谱，详细记载该姓氏的祖先、历代传承情况。所以，本姓氏的宗谱，是最有权威的佐证。

从淳安《宏农杨氏宗谱》记载，淳安县杨氏实际上是从西安华阴县迁至河南开封府，再从开封府迁至淳安县的。杨桂枝的爷爷杨宇公，倜傥多才，在高宗南渡时，就从开封府迁至睦州青溪，即今淳安县。初居淳安县城太平桥，因冠人扰乱，宇公携子纪公迁居潦源（里商乡）十五坑杉树坞龙门墈杨家基。

南宋宁宗时期著名史学家李心传指出："今上杨皇后，淳

安人也。"杨皇后曾经"备六宫礼，始遣迎次侄，今永宁郡于衢"。其中，衢州泛指浙西严、衢地区。严州下辖建德、寿昌、桐庐、分水、淳安、遂安6县地，无疑与《景定严州续志》持同一观点。因而，杨次山父子应是严州淳安人无疑。

关于杨桂枝的祖父杨宇从河南开封迁至里商乡的具体地点，存在两种说法。一是据《宏农杨氏宗谱》记载，"祖父名宇（1102—1164），字广生，号欲孰。靖康二年，钦宗北狩，高宗南渡，民多迁徙，公因挈家而迁至睦州青溪，始至太平桥，继之转徙县南七十里辽源十五坑，见其山峻水潺，地形幽爽，乃家焉。理宗时，敕建龙门第于此，其地即杉树坞龙门墈杨家基也。"二是另一史书记载，杨桂枝祖父杨宇原本是河南人，于宋钦宗靖康二年（1127）"挈家而迁睦州青溪，始至太平桥。继之，邑南辽源巧坑（另有史书载为十五坑），见其山峻水缠，地形幽爽，乃家焉"。两处史料记载得不完全一致，一是指十五坑，二是指巧坑。究竟是十五坑还是巧坑？史料载巧坑之处也在括号中指出"另有史书记载为十五坑"，故应以十五坑为准。

按现在里商乡行政村区域来讲，十五坑属石湾村的一个自然村。石湾村是该乡所辖行政村之一，由十五坑、庙后坞、舍家坞口、金家坞、羊亭坞、横山、岭脚7个自然村合并而成。十五坑村，是石湾村村委会所在地，现有人口765人。然而，现在的十五坑村村民自古以解姓为主，实际上并没有杨姓人氏在村中居住过。经实地踏勘和查阅宗谱，可以认定杨桂枝的爷爷和父亲实际上居住在十五坑的杉树坞龙门墈杨家基，而不是现在的十五坑村。杨家基，实际上处在山上，距现在的十五坑自然村，还有5000多米路。

杨宇的儿子杨纪，字子序，于宋宣和乙巳年（1125）九月初七日丑时生。随父从开封迁至淳安，娶徐氏为妻，生四子一女，长子次山，次子岐山，三子望山，四子冯山；女儿兰枝，嫁邑西汪氏。后又纳张氏为妾，宋绍兴三十二年（1162）二月，张氏生了个女儿，取名桂枝。

南宋淳熙丙午年（1186）《严州图经》载，现在里商乡，当时称作仁寿乡。根据四库全书《景定严州续志》、明代《嘉靖淳安县志》《宏农杨氏宗谱》的记载，从杨桂枝爷爷开始，杨桂枝是浙江省淳安县辽源（里商乡）十五坑杉树坞龙门墈杨家基人（此处早已没有杨姓后代居住，现是一片山林）。杨宇从河南开封迁至淳安县城太平桥时，才25岁，儿子杨纪（即杨桂枝父亲）只是一个2岁的婴儿。36年后，杨桂枝才出生。

三、国戚墓中衣冠冢，祖坟见证历史存

从皇后坪村（史称高坪）杨桂枝爷爷和父亲坟墓的遗址和她本人的衣冠冢这一事实看，也可见证杨桂枝是淳安县里商乡人。

（一）杨桂枝爷爷杨宇墓从杉树坞迁至皇后坪

《宏农杨氏宗谱》中，在杨宇画像下有一段由余辉书写的赞语："公貌苍苍，公服煌煌，乔迁青溪，庆衍宗芳，遗兹仪表，诰爵非凡，宜尔子孙，百世其昌。"

宏农杨氏宗谱 江涌贵/摄

　　杨宇，钟公长子，天性仁慈，襟怀慷慨，遇人纷乱，必力排解。举宋进士，抱璞未售人，以王彦、方目之、郭有道，名标青史。于宋崇宁壬午年（1102）八月十七日午时生，于隆兴甲申年（1164）七月十六日寅时故，享年 62 岁。以孙女贵，赠永阳王。娶王氏，于崇宁丙戌年（1106）三月十三日辰时生，于绍兴庚辰年（1160）二月十八日戌时故。宇公病故后先葬杉树坞，后奉旨迁至皇后坪，与儿子杨纪合葬一起。此墓地系宇公所迁，国朝丈量，系坐内兴字 572 号，地一亩七分九厘八毫；573 号，地一亩二分三厘；574 号，田五分八厘三毫。税系杨阿汪、元义、元继、华正洪、吴美清户完粮。今已绳蛭振背本其裔，是为青溪杨氏始祖。杨桂枝去世后，奉旨合葬于辽源巧溪里凤字 1130 号，土名高坪，俗名皇后坪。万历丈量黄册计坟地四分二厘，税系杨应虎、美清二户完粮。墓前有御笔亲题"国戚墓冢"四字，墓下有石坊曰"承恩第"。

恩给祀田五十亩，每岁春秋祭以中牢府县代行。卷册载后，洪武八年（1375），吾祖寿隆公会派下重兴修整有志。坟冢巳山亥向，今坐商江二姓屋中，屡被侵占，讦控有案，邑宰侯主，照依库册，号图四围，丈钉砌筑石墙。坟后横四弓、前横五弓、左直十六弓、右直十七弓七分绘图，并镌子一纪其墓。此墓建在皇后坪自然村的半山腰，墓志铭云：皇后坪美女形，建于南宋。

雍正壬子年（1732），嗣孙希禄、希伦、起有、起信、起荣、起嘉、起达、董敛各派复兴续辑。

乾隆辛卯年（1771），起章等又会众派整治，至今祭奠云仍，邑志云："杨宇墓在辽源巧坑。宇本开封人，宋宁宗杨后太殳也徙家淳安，因葬焉子永阳郡王杨纪墓附。"

重修皇后坪宇公纪公墓志

宇公者，隆十二世祖也。字广生，号欲孰，举宋进士。高尚其志，不于仕进，世居开封，时人咸以郭有道、王彦、方目之。当高宗南渡之时，乃迁淳安，隐居邑南漳源十五坑杉树坞。后以孙女贵，赠永阳王。配王氏，赠郡夫人，生子纪。初以进士，任官事制使。继以女贵，赠永阳郡王，谥惠节。娶徐氏、张氏、曹氏，赠夫人，生子四：次山、岐山、望山、冯山，俱擅显爵。女二，长名兰枝，适邑西汪；次名桂枝，为宁宗后。理宗嗣位后，以祖殳未葬乃请。

时封葬于漳源巧坑里高坪，恩给祀田五十亩。元世祖，至元。

祭永阳王墓文

严州府知府傅德隆府丞王子见虔诚百拜奉：

旨代行谨，以牲醴中牢之仪，致申祝祀于淳邑辽源巧坑高坪杨太国丈——

钦赠永阳王国丈永阳郡王墓前而言曰：

嗟尔国戚，功名奕奕。立心忠贞，身如圭璧；出言有章，行事有的；力勤王家，锄奸为急；辅弼多辛，惟存显绩；世德作求，永垂勿息！翼翼绵绵。

恩荣宠锡谥爵，维王葬仍御祭，俎豆既陈，斯馨俾升，钟鼓乐之，祀事孔明。神既送止，维王之灵。于昭于天，终温且平。未葬恭维。

陛下德盖，包罗含濡，化育尚其，敦仁笃义。上体太后之微隐，下恤辅弼之功勋。

大宋宝庆三年十月初一日，左丞相臣史弥远疏呈

御批国舅杨次山谊属国戚，前已荣封四代钦赠王爵分父子，在朝力勤王事，不遑启处，其忠主爱国心至矣。因命户部搜粟，即发钱五百万，使其安葬先灵，重振门第。一则，以为国戚安葬先灵。至于太后祖父墓冢，候葬事告竣，仍给祀田五十亩，以供奉春秋祀奠。

为此奉

绍定二年五月初一日

皇帝盛典诏命：凡人间祖坟于先年损失者，应其子孙修治、祭扫姑洗六日。族属孔昭、孔旋、稀舜、道善、元七等，会降参议钦赏修治，众皆欣然踊跃争先，不数月，厥功告竣，坟冢峨然。因镌石勒铭，以垂后之子孙永矢不忘。

时

皇明洪武八年岁次乙卯仲秋月吉日
十二世孙太学举贡寿隆百拜谨述

（二）杨桂枝父亲杨纪之墓

《宏农杨氏宗谱》中，在杨纪的画像下有一段由汪自强书写的赞语："皇后之亲，帝王之戚，诞育圣女，母仪淑德，御札赐书，恩荣宠锡，锦袍辉映，簪缨勿替。"

杨纪，丰标严整，器量宏渊，举进士第，任官事制临事行政，以身体慎恒，有恢复宋室之志。宋宣和乙巳年（1125）九月初七日丑时生，于绍熙庚戌年（1190）三月十一日午时病故，享年66岁。以女贵，赠永阳郡王，谥惠节。敕诰仍存载卷，初娶徐氏，生子四：长次山，次岐山，三望山，四冯山，生女一，适邑西汪。继娶张氏，赠夫人，于建炎庚戌年（1130）九月二十日午时生，于绍熙甲寅年（1194）十一月十三日巳时病故，享年65岁。奉旨，合附葬于辽源巧坑里高坪父墓下，女一闺讳桂枝，为宁宗后，理宗嗣位谥恭圣仁烈皇太后。又妻曹氏。

据资料分析，杨纪告老返乡后，住在今鱼泉村考坑左后方（面对考坑村方向）上面的平坦里，这里现称作后坪。据传，此地是杨桂枝家后裔的居住地。对面（即现皇后坪村）是一块宝地，山势呈凤凰形，与居住地临近。于是，决定将病故后的杨纪安葬在那个半山腰处。此地当时叫高坪。杨桂枝册封为皇后后，此地改称皇后坪。当时，只有两户人家住在这里，一户姓江，一户姓商。杨纪的坟墓，就建在江与商两户人家之间的山坡上。后来，杨桂枝册封皇后，她爷爷的坟墓从杉树坞迁至这里，与儿子葬在一起。杨桂枝病故后，又把她衣冠也与爷爷、父亲葬在一起。

淳安县里商乡鱼泉村皇后坪自然村中间，有杨皇后家族墓地，附近的杨家村是杨氏家族居地之一。民国《宏农杨氏宗谱》记载了杨皇后的籍贯。《宗谱》说，杨皇后父亲杨纪举进士第。浙江出土的宋代墓志有一通宁波鄞县出土的墓志，是史茂卿妻子杨氏的。史茂卿是鄞县史弥远的侄孙。杨皇后与史弥远是好友，更有世代姻亲。史茂卿妻杨氏，卒于南宋咸淳十年（1274）。墓志首行说她"世家严之淳安，杨第行在所，恭圣仁烈皇后（杨桂枝）侄孙女也"。这就是说，杨氏的祖上是严州淳安人，因为杨皇后的关系住在临安（杭州）府城。

杨宇病故时，杨桂枝才2岁。杨纪病故时，杨桂枝28岁。此时，杨桂枝还没有成为皇后。1202年杨桂枝被册封为宋宁宗皇后后，才"奉旨合附葬于辽源巧坑里高坪父墓下"。后来，杨氏家族墓遭破坏，碑坊无存，土堆被夷为平地，幸墓穴尚未被掘，仅存遗址。1987年冬至，杨家村的杨姓后裔，对该墓进行了重整。2008年冬至再次重修，总面积200余平方

皇后坪村局部景　江涌贵/摄

28

米，耗资 2.1 万元。现墓地，长 8.4 米，宽 7.5 米，位于皇后坪村中间，四周均为民居，墓室坐南朝北。

2017 年，皇后坪村村委会决定把村中央大会堂改建为"杨桂枝生平馆"，分为前厅、后厅两部分。前厅墙上和左右墙上挂满了设计古朴典雅的展板，向人们展示杨桂枝的生平和功德。后厅展柜里，摆放着杨皇后家族的宗谱和皇后生前所作的宫词数十首。

这真是：

　　　　荒谬绝伦来破除，归还真实正当时。
　　　　杨氏宗谱做佐证，里商皇后杨桂枝。
　　　　江山风致情所寄，烟雨情思欲何为。
　　　　空门无我文选理，逝者如斯杨宗祠。

第三章
投靠远亲张夫人　　拜师学艺显聪敏

　　杨桂枝出生于黎民百姓人家。她，天生丽质，自幼聪明伶俐，性幽含雅，温柔宽厚，举止端庄，从小就显露出对诗文的独特兴趣。于是，父亲杨纪就让大儿子带着妹妹读书写字、学诗词。因生活所迫，杨桂枝幼年时就离开了亲生父母和家乡，跟随母亲的远房亲戚、养母张夫人，在民间学艺、卖唱。在养母张夫人的带领和指导下，她喜读史书，博览典籍名传，诗词歌赋落笔而成。

一、远房亲戚当女令，倾囊相授传精艺

　　生活在偏僻的高山上的杨桂枝一家，当时家庭人口多，家境贫寒，生活困苦。杨桂枝家有爷爷奶奶、爸爸妈妈、4个哥哥、1个姐姐，全家共有11口人。杨桂枝虽然从小就显露出独特的聪明才智，但按照封建社会重男轻女的传统思想，女孩子是不可能得到重点培养的。怎么办？父母一商量，决定让她去学艺，以便日后能混上一碗饭吃。

　　杨桂枝自幼性幽含雅，温婉聪慧，很讨左邻右舍的喜欢。30 杨纪也把小女儿视若掌上明珠，几个哥哥在家读书时，常让妹

妹桂枝伴随左右。说来也奇怪，杨桂枝小小年纪竟对诗赋韵文表现出浓厚的兴趣，缠着爸爸问这儿问那儿。杨纪寻思着，桂枝若是男儿身，将来必定大有作为，远超过她的四个哥哥，可惜是个女孩。

母亲张氏觉得女孩子家舞文弄墨，终究不是长久之计，不如让她去学点儿吹拉弹唱的手艺，也好贴补家用。张氏对丈夫杨纪说："我有个远房亲戚在临安（杭州）府里，是个很有才华的民间艺人，为人也很好，就送到她那儿去学艺吧。桂枝聪明，肯定会学有所成的。"杨纪一想，认为张氏说得也有道理。为了日后有一碗饭吃，从家庭实际情况出发，商量后就决定了。

"家里确实困难，为了让你学点儿真本领，日后长大了有碗饭吃，我和你爸商量，决定把你送到我一个远房亲戚那里去学艺。我那远房亲戚是个很有才华的艺人，为人很好，你好好跟她学。"生母张氏对小小的杨桂枝说。

"妈妈，你放心，我一定好好学艺。"杨桂枝对妈妈说。

就这样，在桂枝 8 岁那年，张氏就把女儿送到临安府一个远房亲戚家去了。杨桂枝从此离开了亲生父母亲、离开了淳安里商的小山村，投靠远房亲戚学艺去了。

这位远房亲戚，外人都称她"张夫人"。从此，杨桂枝就在张夫人开设的民间教坊中唱曲学艺了。

张夫人，是个杰出的民间艺人，一生未婚，与张氏是远房亲戚。她想，现在亲戚家贫苦，有困难，应该帮衬一把。亲生母张氏把女儿杨桂枝送到张夫人那里后，张夫人一看，就知道杨桂枝是个聪明伶俐的小孩，倍加喜欢。她把杨桂枝视作自己的女儿，故杨桂枝又称她为养母。

在临安府，张夫人可是这一行的头魁，很有名气。她虽是个民间艺人，但始终把良好的品德摆在第一位，不放弃做人的本分和尊严。她是个清清白白办事、堂堂正正做人的正人君子。她收徒弟也是很有讲究的，有"五看一亮"的考核要求。"五看"是：一看台面，即扮相、样貌和台风；二看骨骼，骨骼清奇者，单看背影都能吸引人，身上自带戏份，看骨骼还能预测日后的身高；三看灵巧，看能否与观众沟通互动；四看人品，须品行端正，鲜有惹是生非者；五看资质，包括本人的天资和家庭的背景，良善人家的才予以录取。"一亮"就是高嗓清唱几声，嗓子是爹妈给的。后天是这块料，加之训练有素，功夫很快就能"上身"，起到事半功倍的效果。否则，终生只是个老童生，上不了台面。

这么一套程序下来，张夫人对杨桂枝甚是满意，但她脸上依旧平静，慢悠悠地说："这就留下吧，以后我就是你的养母。"杨桂枝从此迈入教坊，在养母近乎苛刻的督导之下，吹拉弹唱，无所不精，在行内崭露头角，像万紫千红中的一朵奇葩，开得那么鲜艳，那么奇特。

二、严师调教登高路，刻苦学艺终有成

杨桂枝的养母张夫人唱功颇为出色，时常被选入宫廷乐部为皇室成员献唱，因而得到了吴太后的赏识，并为吴太后所钟爱，她与宋高宗的吴皇后私人交情也不错。后来，宫中有了乐部艺人，但吴太后对乐部艺人的表演不是很满意，也不太感兴趣，便想起当年的张夫人。此时的张夫人，因年纪大了，身体也一年不如一年，便退出了歌姬之列。

岂料，某天吴太后对乐部艺人表演甚为不满，忽然想起当年的张夫人来，便问左右曰："都大半年了，张夫人如今何在？"内侍回道："如今她年事已高，身体欠佳，已退出歌姬之列，不过家中有一个养女继承母业。听说这个女儿颇水灵聪慧，样样活儿不输于张家哩。"吴太后念及张夫人的好处，又听说其女儿颇聪慧，顿时来了兴趣，立即下了一道懿旨："好嘛，那就叫她女儿来唱一曲试试吧。"就这样，一个偶然的机会，年仅13岁的杨桂枝被召入后宫吴太后处，开始了她的传奇人生。

平时，张夫人对杨桂枝严格要求，从日常生活到学艺，一丝不苟；对唱歌跳舞等技术性问题，更显得有点儿苛刻，不讲情面。张夫人不仅把技艺倾囊相授，而且在读书写字、棋琴书画，日常生活知识，怎样做人，也是方方面面教到位的。

杨桂枝从小就跟随哥哥读书识字，通晓诗文，具备一定的文化素养。所以，进步很快。

在养母的指导下，杨桂枝不但人出落得花容月貌，艳压群芳，吹拉弹唱也不在话下，可谓闻声即悟，按节能歌。杭州城内所有王公贵子争相追逐，以一睹桂枝芳容为幸事。

张夫人颇有些江湖秘籍，她懂得奇货可居的道理。平时，等闲场所不轻易让桂枝露面，吊足了那些看客的胃口，要的就是个一鸣惊人的效果。这不，机会说来便来了。

三、泪别养母进宫去，依依惜别师徒情

平日，张夫人不但教她艺术和文化，还教她学会做人。养母张夫人从走路、说话、吃饭、穿衣等方面，从一点一滴指教

杨桂枝。做人要懂礼节，平时站有站相，坐有坐姿。待人接物，不但要做事得当，还要讲口德。不讲口德的人，不仅招人讨厌，还可能惹大祸，失去身边人的尊重和信任。吃饭要有吃相。张夫人说，要看一个人的品行和教养，只要和她（他）吃顿饭，就能窥一斑而知全豹。一个在吃上讲求道德和礼仪的人，一定有个高尚的灵魂，因为吃是一件非常严肃的事，严肃到很多时候，它在不经意间就毫不留情地显示了人的教养。

杨桂枝在这种家庭环境中生活、长大，感到幸福、平安，原以为可以一直这样风平浪静地生活下去，却不料被一道吴太后的传令打破。人们都说，机会是留给有准备的人，此话一点儿没错。所谓"理应明宣，术宜秘传"，正是这个道理。

张夫人在病榻前，唤过桂枝嘱咐道："平日教你的宫廷礼仪，合当派上用处了。你的唱功早不输我，此番入宫，从进门走路到问候太后，从言谈举止到说话做事都要十分得体，不可随意。在太后跟前要好生用心，不得马虎，以后就看你的造化喽。"

杨桂枝不禁有些伤感，流下两行眼泪，泣道："母亲身子骨要紧，费心养着身子，桂枝都牢记下了。"

不料，杨桂枝一进宫就再也没有回家过。

一场春雨过后，柳枝绿了，桃花开了。山溪水满，水面上时而漂过一两片桃花瓣。太阳喜眉笑眼地从东方升起来，红得像少女的脸庞，盈盈动人。如诗如画的春色和壮丽多姿的山川，使人感到舒畅，生机勃勃。

杨桂枝从小随亲生父母亲和养母在富有文化气息的环境中学习，之后又在文化韵味浓厚的宫中长大成人，使她在文学艺术上得到全面的发展和提高。

这真是：

众中入命披星月，意外微生斩棘荆。

东升旭日吹玉笛，西出长庚弄银笙。

舟浮十里欢歌毕，歌发一声好句萌。

帆樯飞影诗句现，箫鼓传声酒杯盈。

第四章
少年入宫展才艺　山里飞出金凤鸣

人生的道路上，有许多偶然的机遇。杨桂枝因养母身体不佳而代替养母进宫为太后献唱，成为改变她人生命运的天赐良机。张夫人接到吴太后的通知后，就吩咐桂枝进宫，并对进宫的礼仪要求反复讲了几遍。杨桂枝与养母张夫人泪别后，进入皇宫，开启了新的人生。

一、莲步轻捷见教养，一展演技显风光

杨桂枝鸾车佩铃一路驶向深宫。下车后，由内侍引着她往慈福宫逶迤而去。她轻启莲步，娉娉婷婷。面对宫苑美景，她并不东张西望，没有乱了礼数和分寸，而是不紧不慢跟在内侍后头。到了宫闱，内侍先让桂枝候着，自行入内请旨去了。

太后吩咐："请进。"

桂枝被引到吴太后跟前，先伏身拜倒下去，头也不敢抬起，连声叩道："民女杨桂枝恭请太后慈安。"太后略一抬手道："起来吧。今年多大了？"桂枝起身回禀："民女今年 13 岁了。"口齿清晰，音色清亮。

吴太后点点头，"嗯"了一声，随即觑了杨桂枝一眼，道："模样好生俊俏，不知唱得可好？"

桂枝见问，一点儿不显生分，目视太后回礼道："民女这便献丑了。"边说边准备停当，遂轻启雏喉，执板清唱了一段《曲子词》，融乐、辞、唱一体，声字清圆，忽而如黄莺出谷，忽而似敲冰戛玉，悦耳婉转，余音绕梁……

太后一时竟听呆了！许久才回过神来，叹道："模样好，唱功更胜张家一筹，留下吧，不用回去了。"吩咐左右："领这孩儿去德寿宫乐部吧。"

宫中称杨桂枝为"则剧孩儿"，可见演艺水平不低。年年皆有宫女被放出宫，唯独她被留了下来。

这一天，恰是上元节，禅位的宋高宗摆驾慈福宫，与吴太后一起宴饮赏梅，节庆观灯。家宴不能无乐，不能不唱曲，太后早早唤得桂枝前来。桂枝见太上皇和皇太后推杯换盏，兴致甚高，机会难得，自然十分卖力。席间，她把柳苏晏词轮番献唱，时而低婉，时而激越，随着情绪起伏，那声音也时如竹籁，时如玉振，变幻莫测，抑扬顿挫，把一班人听得如醉如痴，如梦牵魂。太上皇眯着醉眼，顾谓太后道："太后哪里寻得这等才色的女子？只顾自己消受。"吴太后佯嗔道："这孩儿确是本宫选取，却不敢私藏，去岁就送德寿宫乐部了。"德寿宫便是太上皇的退居之所，孝宗为此上尊号"光尧寿圣太上皇"。一时弄得太上皇无话可说，摆摆手，道："罢了，罢了。太后喜欢就自个儿留着吧，朕已不胜酒力，先行回宫去了。"

众人恭送太上皇起驾回宫。

桂枝掩不住地兴奋，让内侍取过笔墨，即兴赋诗一首，呈与太后看。太后就着灯下阅去，一笔隽秀的王体小楷，诗词也应景，写的是：

元宵时雨赏宫梅，恭请光尧寿圣来。
醉里君王扶上辇，銮舆半仗点灯回。

太后不觉惊讶道："你还有多少才艺是本宫不晓得的？这诗文书法都是跟何人所学？好生了得！"

桂枝跪禀道："是民女从养母张夫人处学得的。"

"不要一口一个民女，从今往后本宫就叫你桂儿吧。起来说话。"太后一面吩咐桂枝，一面收回视线又叹道："这手王体清雅得很，本宫也是不及的。"

桂枝起身回道："琴棋书画皆乃小技，于道未为尊，太后谬赞。像太上皇、太后和皇上这样，把天地做棋盘，万民做棋子，奉天行道，造福百姓，方为人中之龙凤哩！"

太后听了杨桂枝这一番话，不禁愕然道："你小小年纪胸中竟藏着这般丘壑，已然难得。只可惜是个女儿身。"吩咐左右道："以后让桂儿留在本宫，随时听用。"由此可见，吴太后有多喜欢杨桂枝。

一次，吴太后在沐浴。宫女们因为嫉妒杨桂枝，存心要整治她一番，故意撺掇她说："桂儿快来看，这是太后的衣服，多漂亮呀，要是穿在我们桂儿身上，一定像仙女一样美哩！"少女杨桂枝爱美，自然也喜欢漂亮的衣服，经不起宫女们的怂恿，果真穿上太后的衣服炫耀一番，惹得宫女艳羡嫉恨不已。待吴太后沐浴更衣，宫女就告了杨桂枝一状，说她偷穿了太后衣服，在宫里走来走去，是僭越行为，大逆不道。

吴太后听了，一看当时情景，心中就有数了。于是，非但没有责罚杨桂枝，反而把告状的宫女训斥一通："瞧瞧你们的样子，保不齐人家桂儿将来就穿这样的衣服呢，拥有本宫这样的地位也未可知！"一番话，说得宫女们咋舌而退。

二、南宋皇宫立杭州，雄伟壮观庭院芳

2001 年，经考古发掘恭圣仁烈皇后遗址，杨皇后的宅邸在今杭州市四宜路。

2001 年 5 至 9 月，浙江省杭州市文物考古所为配合四宜路旧城改造工程，对吴庄基建工程地进行了抢救性的考古发掘，历时 120 天，发掘面积约 1800 平方米。经挖掘，发现南宋恭圣仁烈皇后宅遗址主体建筑一处，包括正房、后房、庭院、东西两厅和夹道遗迹。正房遗迹西面一部分压在现代路面下未清理，已揭露面积 348 平方米，已知东西长 28.5 米，南北宽 12.2 米，正房向北面庭院内延伸出一月台。月台位于正房正中的北面，东西长 14.62 米，南北宽 4.27 米；月台中部靠庭院一侧，有一石制望柱遗迹。正房和月台的台基与庭院之间都有砖砌护墙保护台基，护墙的宽度约 0.3 米。月台和庭院之间有台阶供上下，仅残存庭院地面上一层石制台阶。正房和月台地面均用规格为 34 厘米×34 厘米的素面方砖平铺而成。正房现存太湖石制成的柱础石 11 块。正房的面宽为 7 间。东西两厅遗迹，西厅的一部分未清理，东西两厅呈对称分布，位于庭院的东西两侧。两厅台基南北长 22.34 米，东西宽 7.33 米。西厅台基和庭院间的护墙保存较为完整，高 0.5 米，宽 0.3 米，护墙上端筑有压栏石，地面亦用同前规格的素面方砖

平铺而成。两厅和庭院之间亦有台阶，台阶的筑法是先用夯土夯筑成台阶，再用香糕砖铺砌而成，台阶两侧的砖墙上应有垂带石，台阶表面用石条或砖块平铺。根据已清理的遗迹现象推测，两厅的面宽应为5间。

后房遗迹，西半部和北半部揭露，规格和筑法同正房。后房台基和庭院之间的台阶保存较好，全部用长方形条石砌成，共4个台阶，有一台阶长1.96米，宽0.32米，高0.13米，东西两侧的垂带石长1.35米，宽0.41米，高0.59米。台基护墙残存有太湖石制成的压栏石。

庭院遗迹位于正房、后房和两厅之间，比周围台基低约0.5米，东西宽17.42米，南北长22.2米。中部有一方池，庭院方池和台基之间用香糕砖竖铺成地面。地面花纹呈多种几何形，每一块砖在不同的花纹中均起到不同的作用。整个花纹构思严谨、巧妙，主要有十字形、菱形、人字形、回字形、凸字形等。围绕方池有一砖砌排水明沟，周长72.6米，宽0.21米，深0.03米。从现存情况看，该水沟从东厅台阶通过，后房台阶下无排水沟。庭院东北角，东厅台阶下有一砖砌排水暗沟通往庭院外，暗沟和明沟相连，沟口呈方形，宽0.3米，高0.29米，口部用透雕的方砖封堵，透雕花纹为假山、松枝和两只猴子。

庭院北部后房和方池之间有用太湖石垒成的假山，假山中有过道，过道地面用香糕砖铺成，庭院东北角的假山保存有部分登假山的台阶，用长方形砖铺彻而成。

庭院中部发现方池遗迹，距正房月台台基7.55米，距东西两厅台基2.48米，距后房台基7.18米。东西长12.48米，南北宽7.54米，深1.21米。四周用四排规格为38厘米×16

厘米的青砖平砌成池墙，其上有太湖石制成的压栏石。池的西北角压栏石上刻有一溢水沟，突棱下有一溢水孔，方池底部用三层方砖平铺，每层方砖和每块方砖之间的缝隙用料浆石末和糯米汁灌注，以防渗水。

东厅和正房的外侧均有夹道，其中东厅和正房东侧的夹道保存完整，用长方形砖平铺而成地面。整个地面西高东低，利于排水，东侧有一砖砌排水明沟，上口宽 0.2 米，下口宽 0.14 米，深 0.07 米。明沟内侧每隔 1.3—1.5 米有一排水孔，每孔的孔径约 0.16 米。台基和夹道之间有砖砌护墙，墙宽 0.3 米；东厅外侧夹道南北长 26.7 米，东西宽 2.3 米。夹道北部地面保存有一水井遗迹，水井周围用长方形砖砌成，外侧有一方形石砌护栏，保护井圈，水井内径 0.65 米，外径 0.84 米，方形护栏边长 1.2 米，外侧有一圈突棱。

出土文物包括建筑构件、瓷器和铜钱等。建筑构件主要有板瓦、筒瓦、鸱吻、脊兽残件和望柱头等。瓦当花纹有芙蓉花、菊花、鸡冠花、宝相花等。望柱头为莲花瓣状，残高 23 米，宽 14 米，厚 5 米，双层莲瓣。瓷器见有盏、碗、瓶、炉、器盖、洗、盆、罐、薰炉等。窑口主要包括南宋官窑、龙泉窑等。所发现的百余枚熙宁、元丰、建炎、淳熙、开禧、嘉定等各个时期的铜钱，其中以嘉定元宝出土量最多。

考古发现，南宋建筑遗迹的位置和《咸淳临安志》所附南宋皇城图、京城图上恭圣仁烈皇后宅的位置相符。从出土遗迹的规模和出土遗物的质量看，也可以确定这组遗迹应是南宋恭圣仁烈皇后宅遗址的一部分。此处南宋时期的建筑，房屋台基和地面基础都经过夯筑，台基周围均有砖砌护墙，地面全部用砖铺成，尤其是庭院中的方池和有完善排水设施和夹道，制作均非常考究。房屋开间和庭院中的假山,规模十分宏大,为普通古代园林少有。

南宋皇城遗址,位于杭州城南凤凰山东麓宋城一带,是浙江省重点文物保护单位。宋高宗赵构定都杭州后,在北宋州治旧址修建宫城禁苑。东起凤山门,西至凤凰山西麓,南起苕帚湾,北至万松岭,方圆4.5千米。大内有城13座,南称丽正,北为和宁,东曰东华。皇城内,宫殿巍峨林立,光耀夺目。有金銮殿、垂拱殿、选德殿、福宁殿、勤政殿、复古殿等殿、堂、楼阁130余座。此外,还有华美的御苑直至凤凰巅。元至元十四年(1277)为民间失火延及,焚烧殆尽。至明代成为废墟,现遗址上建有军队用房和杭州卷烟厂等大型建筑以及民房,国家文物部门正在进行考古发掘。凤凰山御苑内石刻、石景颇多,规划辟为南宋故宫遗址公园。

南宋定都杭州之后,宫廷教坊已经名存实亡。赵升的《朝野类要》记载:"今虽有教坊之名,隶属修内司教乐所。然遇大宴等,每差衙前乐权充之;不足,则又私雇市人。近年,衙前乐已无教坊旧人,多是市井路岐之辈。"

三、脱颖而出太后爱,才貌俱佳压群芳

光阴似箭,岁月如梭。随着岁月的推移,杨桂枝长到十五六岁了,出落得风姿绰约、才貌俱佳。几年后,又从入宫时的13岁稚童长成20岁的大姑娘。她被吴太皇选入宫中后,唱功不比她的养母差,加之本人又漂亮、聪明,水灵灵的杨桂枝,终因才貌俱佳,脱颖而出。

吴太后一直把她留在身边。她模样可人,聪慧伶俐,善通

经史，加上行为举止，处处得体，无不符合吴太后的心意，一时间竟成了吴太后身边的红人。桂枝除了唱曲，平日有事没事还常和吴太后闲聊，并把与太后一起的日常生活，写成宫词拿给太后看，讨得吴太后的欢心。杨桂枝长大成人后，更加姿容秀美，亭亭玉立，加上她性情淑婉，擅长音律，才思敏捷，能书会画，一举一动都颇有贵人的气质。

就这样，杨桂枝一直留在吴太后身边。这一留，时光就流过 20 年，直到后来她被小自己 6 岁的皇太子赵扩看中。

中国人喜欢用"山沟沟里飞出金凤凰"来形容山区出人才。淳安县里商乡农家之女杨桂枝，正是从山沟沟里飞出的一只名副其实的金凤凰！

从 13 岁进宫至病故，杨桂枝在皇宫里生活了 58 年。

这真是：

> 农家少女进皇宫，施展才华波浪涌。
> 二十年后改命运，皇后登台满庭红。
> 大江浩浩烟霞窟，细雨绵绵锦绣丛。
> 一弯新月风云色，万丈长虹日月同。

第五章
一见钟情结良缘 情投意合欲传奇

俗话说：女大十八变。随着时光的流转，岁月的变更，一年年过去，杨桂枝已是一个亭亭玉立的大姑娘了。不知不觉，杨桂枝待在吴太后身边已有 20 年。20 个春夏秋冬，20 载风华岁月，杨桂枝而今步入而立之年。

一、安宁社稷平天下，太子赵扩坐龙椅

绍熙五年（1194）六月戊戌，宋孝宗去世。光宗因与孝宗积怨很深，称病不能出宫。有御笔批文："处理朝政多年，想退下来赋闲。"他既不主持生身之父的丧礼，又不处理政事，一时朝廷无主，人心惶惶。于是，群臣决定由太后主持朝政，举行禅位大典，暗中使光宗退位，拥赵扩为新君，是为宁宗。枢密院知事赵汝愚奏请："臣等乞请立皇子嘉王为太子，以安人心。"得到旨意："皇子嘉王可以即皇帝位。"

不料，嘉王赵扩听闻却坚决推辞，说道："万万使不得，恐怕担上不孝的名声。"

赵汝愚神情肃穆地说："国不可一日无君，现在中外恐慌，万一发生变故，将置太上皇于何地？"

赵扩一时六神无主，情急之下，他想到了太皇太后。于是，他匆匆赶往慈福宫，借问安的由头，欲得到太皇太后的一个准信。

宁宗赵扩是光宗赵惇的第二子，生于1168年，母为李皇后。光宗即位时，晋封赵扩为嘉王。

时值仲夏，宫苑中百花盛开，姹紫嫣红。杨桂枝除了书法精进外，绘画技法也幸得画院待诏马远亲授，也是工写相兼，得心应手。这不，太皇太后正在后宫观赏杨桂枝画《百花图卷》，正画着《蜀葵图》，见她有题画诗曰："花神呈秀群芳右，朱炜储祥变叶新。"

太皇太后面对此画，忽而伤感道："昨日一花开，今日一花开。今日花正好，昨日花已老。始知人老不如花，可惜落花君莫归……"口中的诗尚未吟完，但见内侍匆促禀报："太子求见太皇太后。"

"快，请进!"

太皇太后方于榻间坐定，太子赵扩已到了跟前，先说了一些问安的话，随后说出自己的担忧。太皇太后正色道："太子所虑那是小孝。古语言：小孝孝于庭闱，大孝孝于天下。天子应当以安定社稷、稳定国家为孝，你不必多虑，择日即位吧!"

赵扩听罢，一颗心才定了下来。此时，他才注意到太后身边有个风姿绰约、楚楚动人的小美人。赵扩立即像吸铁石一样，被这迷人的韵致吸引住，目不转睛地盯着她看。她有轮廓端正的脸庞，宽广的前额，纤巧而又美丽的鼻子，娇小的嘴，一对黑艳艳的灵活的大眼睛，还有那好像乌鸦翅膀那么黑油油的、浓密而又柔软的头发。她身材高挑，穿一件白色的短袖长袍，薄薄的。她，刚过三十，看上去也不过是二十多的大姑娘。

杨桂枝何其机灵，岂不知太子目光中的含义？她情愫暗生，脸颊顿时飞上红晕。娇羞地低下头去，心跳不止。太后也已觉察到这两人的异样，眼里看破，嘴上不说破，装着不知道，只叫太子速去准备登基大典。

太子赵扩自从慈福宫辞别后，整日郁郁寡欢，心里想的只有杨桂枝娇羞的样貌，至于自己如何被人披上黄袍，坐登大宝，接受百官立班朝贺，如何向天、宗庙、社稷祭告，改明年为庆元元年（1195）等若干事情，都未免记忆模糊。慈福宫的近侍私下也常常议论，说宁宗皇帝真孝顺，经常跑去向太皇太后问安。

二、常去问安吴太后，醉翁之意从不提

1194 年，26 岁的宋宁宗赵扩即位后，按皇室礼节，赵扩要到太皇太后处问安。

宋宁宗每次去向太皇太后问安时，抬眼望去，就看到吴太后身后低眉顺眼的她。杨桂枝眼神清澈，就像初春草上的露珠，偶尔浅笑起来，会露出两颊浅浅的酒窝，神色安然，与世无争……

从此以后，宋宁宗魂牵梦萦，念念不忘，常常借口去吴太后处问安，其实是醉翁之意不在酒，就是想借问安之机多看几眼杨桂枝。史载："每至后所，必目之。"

他满脑子想的都是她。她也知道他在看自己。

吴太后一看，就知道这小子爱上了杨桂枝。

这时，杨桂枝已美人迟暮，若无特别的机缘，恐怕也只能是老死宫中了。然而，和一般宫女相比，杨桂枝有着许多优势。首先是容貌端庄；其次是非常有才华，知识渊博、通经史，会写诗，精研书法；第三是她举止得体，温文尔雅，没有让太后感到不当之处，深得吴太后的喜爱，使她有机会见到皇帝。苦苦熬了二十年的杨桂枝，终于等来了她的福气。

吴太后对杨桂枝很是优待。可杨桂枝知道，这种优待既是恩宠，也是束缚。无论是恩宠还是束缚，都是由不得自己选择的，就像她只能留在宫中一样。

杨桂枝入宫的最初几年，午夜梦中惊醒，她也会哭泣、会委屈，恨这深宫，恨它耗光自己的青春韶华，恨它毁了自己对爱情的美好期盼。可是，如今她已经不恨了，她能有的，也只是风轻云淡。比起那些老死深宫、无人问津的白发宫女来说，她已足够幸运了。她还有太后的恩宠，还可以安稳度日。至于出宫，她也早不再奢望了。

如今，宁宗爱上了她，她也爱上了他。从此，每天每晚她都沉浸在幸福之中。

三、暗送秋波传爱意，太后成全鸳鸯啼

夜阑人静时，她也会问自己，他会不会是认真的呢？可下一刻，她告诉自己，自己只是一个宫女，只不过是痴人说梦罢了。可转念一想，假如他是真心喜欢上自己，为何不能情投意合呢？

直到那一天，宁宗在给太后请安完后，在无人路过的偏僻角落拦住了她。他怔怔地看着她，一身龙纹锦袍，严肃地问：

"你，可愿到我身边来？"

她看着他，似乎早有所料，故也不惊讶。他的神色里没有一丝轻薄的意味，语气严肃，仿佛在说一件极其重要的事。可是，她无法给他答案，只是轻轻地说："我只是一个贫民出身的宫女，配不上你。"杨桂枝想，他不是一腔热血的毛头小伙，而是个高高在上的皇帝，是天子。而自己也并非伤春悲秋的妙龄少女，更何况我们之间还有太后呢！此事是不可能的。

窗外飘起了大雪，似乎是冬日了。她一个人坐在椅子上，陷入苦苦的回忆之中。幼年入宫，她以为此生就这般浑浑噩噩地过了，可却在这深宫里遇见了他。自此，春花秋月，夏雨冬雪，都有他陪在身边。

她，杨桂枝，此生足也。闭上眼，蒙眬间仿佛又回到了那个午后，春日正暖。

又一天，他又拦住她，眉眼带着笑意，一丝不苟地说："你，可愿到我身边来？我是真心的！"

"赵扩，"她唤他的名字，声音温柔地回答，"我愿意到你身边来。"她说着，嘴角挂着浅浅的笑。

自从那日他回去之后，她的梦里满是他的模样，他的形象时时浮现在脑海之中。

这样，赵扩和杨桂枝之间一举一动，都被吴太后看在眼里，记在心里。由于杨桂枝漂亮、聪明，唱功不错，且"举动无不当后意"，深得吴太后喜爱。此时的吴太后心潮起伏，也觉得这些年耽误了她，而杨桂枝平素为人不错，左右内侍都替她说好话，这就促使吴太后决定成全这一对鸳鸯。

云归远岫松岭茂，雨涨前溪竹林齐。

四、红烛高燃良缘结，双双拜谢懿太后

一天，赵扩照例来请安。之后，太后让杨桂枝退下。开口便问赵扩："你是否看上杨桂枝了？给句实话。"

"是的。怎被您知道了？"

"我虽老了，但眼睛亮着呢！你瞒得住我吗？你若真心，我成全你。"

赵扩走后，太后又把杨桂枝叫到跟前，轻声细语地对她说："刚才我问了那小子了，他是真的喜欢你。其实，我早已看出了。你的意思如何？"

"小的不敢，小的只是个宫女，配不上皇上的。"

"我决定成全你们的事，别的就不多说了。"

1195 年，良缘降临。吴太后在宫中设家宴，在酒席间，太后将杨桂枝郑重地赐给宋宁宗，并严肃地对赵扩嘱咐道："看在我的老脸上，你要好生对待，不许欺负她！听到没有？"杨桂枝不知所措，感激涕零地连声说："谢谢太后！"宁宗却满眼温柔，拉着桂枝的手给太后重重地叩了一个头。上天终究还是不曾亏待她，她等的那个人，那个爱她、怜惜她的人，终于来了。她，终于等到了一个用心待她的人。

当时，这对相思已久的鸳鸯真是喜出望外，双双拜谢过太皇太后，辞别回宫。

红烛高高燃起的那个深夜，赵扩紧紧地握住她的手，深情地说："我终于把你等到了。你放心，我一定会将这世间最好的东西都给你。"桂枝轻轻地摇摇头："我不要你的承诺，不要你的誓言，更不愿让你为难。"她被拥进他那宽厚的怀里，

轻轻地说："我只要你一颗真心！"

这一年，宋宁宗27岁，杨桂枝33岁，真可谓是一段迟来的爱。杨桂枝作为一名33岁的宫女，苦苦熬了20年，终于等来了她的福气。当年三月，大喜过望的宋宁宗就封杨桂枝为平乐郡夫人。此后，更是宠爱有加，不断提升她的地位，《宋史·后妃传》记载道："三年四月，进封婕妤。五年，进婉仪。六年，进贵妃。"

出众的才华使得她成为宋宁宗赵扩的爱妻，婚后二人的生活异常甜蜜。后来，宋宁宗的妃子韩氏去世，尽管后宫还有曹美人，但是他依旧对其他妃子没有兴趣。有人主张封曹美人为皇后，也有人进言杨桂枝"姿质天挺，宜充掖廷"。宋宁宗赵扩决定将杨桂枝封为皇后。至此，杨桂枝深得圣宠。

宫女与皇上喜结良缘，那是一段特别的婚姻。女比男大6岁，更是一对特别的鸳鸯。

这真是：

蜂争采蜜情难尽，燕竞衔泥醉欲迷。

宫女皇上结良缘，鸳鸯一对称传奇。

三生恩爱无旧韵，一世夫妻有新题。

山欢水笑春潮满，春暮鹃啼月印溪。

第六章
如花似玉京城倾　醉里挑灯巧奉承

吴太后把杨桂枝赐给宁宗，正式成为赵扩的妻子。此后，宋宁宗对杨桂枝更是宠爱有加，不断提升其地位。据《宋史·卷二百四十三·列传第二》记载：庆元元年（1195）三月，结婚当年的三月，大喜过望的宋宁宗就封杨桂枝为平乐郡夫人，杨桂枝时年 33 岁。庆元四年（1198）四月，进封杨桂枝为婕妤。庆元五年（1199），进封婉仪；庆元六年（1200），赵扩觉得杨桂枝很聪明，很会做女人，便将她晋升为贵妃，地位仅次于皇后。

一、皇后空城该立谁，各有所图两派追

在杨桂枝晋封为贵妃的当年，韩皇后病重而逝，谥号恭淑。韩皇后去世后，皇后空缺，贵妃升皇后是顺理成章的事。然而，那时受宠的不只有杨桂枝一人，还有曹美人。

在中宫皇后一时未有归属的情况下，朝中议论纷纷，形成了两派阵营，一派主张立杨贵妃，另一派主张立曹美人。

韩皇后是宰相韩侂胄的侄女。她一死，韩侂胄在宫中便失去了靠山，他要在宫中继续掌权，必须选一个可靠的人当皇

后。曹美人性格柔弱恭顺，与世无争，自己完全可掌控，最为放心。而杨氏精明强干，他认为杨桂枝"涉书史，知古今，性警敏，任权术"，他总觉得杨贵妃这个女人没有那么简单，心中十分忌惮杨贵妃。权臣韩侂胄比较二人之后，决定支持宁宗晋封曹美人为皇后。权臣韩侂胄就开始在宁宗面前挑拨离间，处处说杨桂枝的坏话。他看到杨桂枝的《宫词》后，就对赵扩说，杨桂枝才学高、性机警，不是件好事，不宜立为后，不如选性格柔顺的曹美人为后。他力劝宋宁宗立曹美人为皇后。

礼部侍郎史弥远与韩侂胄素来有分歧。史弥远心中也有个原则，只要韩侂胄反对的他都支持、凡是韩支持的他都反对，两人势不两立。所以，史弥远肯定是支持杨桂枝当皇后的，私下也在积极地活动着。

两派人物，各有所图。两派势力，明争暗斗。立谁为后，答案玄乎。

二、巧设嫦娥玉露酒，聪明伶俐计划随

韩皇后去世后，面对两派人物、两种势力，谁当皇后？

正如韩侂胄说的那样，杨桂枝"性警敏"，是一位极有思想的女强人。她知情后，迅速做出反应。她洞悉这番情势，心想，皇上倚重韩侂胄，史弥远的力量还是单薄了些，光靠史弥远显然不行。她也知道皇上"厚道温和，优柔寡断，迟疑摇摆"的性格。她想，如果让皇上自己来挑选，准保左右为难，因为他深爱着她，也喜欢着曹美人。如不采取巧妙的措施，弄不好会节外生枝，或许他会因畏惧韩侂胄而选择曹美人，那自

己不是竹篮打水一场空吗？

在这一场皇后争夺战中，通经史、知古今的杨桂枝自然懂得"将欲取之，必先予之"的道理。她想，自己的命运不能掌握在别人手里，关键时候一定得靠自己才行。她细细地思考着、盘算着、谋划着，心中终于有了妙计。

这一天，杨贵妃主动登门看望曹美人。她拉着曹美人的手，笑容可掬地说道："你我姐妹一场，平素相处也不错，皇上欲立中宫，不外乎你我两人之间选取。我想，不妨我们各自摆设酒宴，邀请皇上，观望圣意，如何？"曹美人听了频频点头，也觉得这是个好主意。

杨桂枝大度地说道："按年龄算，我是姐，你是妹，那姐姐当然要让着妹妹了。那么，就你先设宴吧。"曹美人嘴上虽然推辞了一番，但心中还是暗暗地窃喜。

"就这样定了，你先请吧，不必推来推去了。"杨桂枝大度地说完，就满脸堆笑地站了起来与曹美人打着招呼，离开了。

曹美人按约定在宫中摆下宴席，早早让人去请宁宗赴宴。不知什么缘故，天色已晚，才见皇上銮驾缓缓驶来。曹美人望眼欲穿，当下接人，请帝上坐，自己坐在侧面相陪。当酒还没过三巡，那边忽见宫女来报："杨贵妃娘娘来了。"

曹美人听闻，心中一惊，暗暗叫苦。这可怎办？虽有百般不乐意，还得起身相迎，邀请入座。杨贵妃目视宁宗道："陛下待我们姐妹俩总不能分出厚薄吧，可要一碗水端平哟！曹美人处已经赏光，是该转幸妾身处了吧？"

一旁的曹美人急得涨红了脸，搁下玉箸，忙起身阻拦，想要皇上多饮几杯。宁宗面有难色，举着酒盅放也不是，喝也不是。杨桂枝灵机一动，笑盈盈地说："妹妹莫要着急，且放宽心，陛下到妾身处一转，又可再回到妹妹这里，不是也好嘛！"宁宗顿然释怀，连声应道："正是，正是。"遂起身随杨贵妃走。

三、席间唱词花解语，银缸绿酒醉意浓

杨桂枝扶着皇上到了自己宫中，心想，岂有再放走的道理？她手脚麻利地捡点菜肴，甜甜地叫了声，便笑嘻嘻地挨着皇上入席。席间，又是唱词又是行酒令，长夜未央，银缸绿酒。桂枝娇媚欲滴，宁宗醉意渐浓。一个是如花解语，一个是玉山半颓。杨贵妃乘着酒兴提出让皇上要先决定立自己为皇后。

其实，宋宁宗心中并不在意韩侂胄的反对，早已决定要立杨桂枝为后，刚才只是为了不当面打击曹美人，故意装着为难的样子。于是，他胸有成竹又笑嘻嘻地说："放心，朕心中早已决定立你为皇后了，何必瞎操心呢！""谢谢您！"杨桂枝听后高兴极了，给了他一个吻。随即取来纸笔，宋宁宗提笔写下立杨氏为后的手诏："贵妃杨氏可立为皇后。"杨贵妃依偎在宁宗身边，仍然不依，拉着宁宗的手，娇滴滴地说："皇上再写一张吧，再写一张嘛！"宁宗说："有一张就够了。"杨贵妃摇晃着他的肩膀，柔情似水地说："不，不嘛，我就要两张嘛！"于是，宁宗又写了一纸交与杨贵妃。

杨桂枝马上将宁宗两份御笔，一份交给近侍，照例颁发，朝堂上宣布；一份遣人密送其侄儿杨谷、杨石处，然后，又如此这般、这般如此地仔细嘱咐一番。

54

次日早朝，百官列班，但见一官员急匆匆上殿而来，从袖中取出御笔，高声宣布杨贵妃为皇后。韩侂胄与一众官员一听，惊掉了下巴，取过诏书验看，的的确确是御笔无疑。

1202年，赵扩不顾外戚权臣的反对，毅然将杨桂枝立为皇后。史弥远坚决拥护，到处宣传杨皇后有多好。宋宁宗想，这样也可以给自己举办一场名正言顺的婚礼，可以为她彻夜点燃一次龙凤花烛了。他要拉着她的手告诉世人："这是他的妻子，是他的皇后。"

这年，杨桂枝41岁，被正式册封为皇后，完成了她从平民到皇后的传奇人生。

那晚，杨贵妃为何要宁宗书写两份诏书？原来她心思缜密，考虑周详。她最担心韩侂胄反对，以致封诏驳还，必须留一手。

至此，韩侂胄方知大局已定，没法变更。他也只得听任皇帝要求百官准备封后典礼，择吉日举行。

杨皇后一旦册立，即大赦天下，百官多半也有封官加秩。韩侂胄晋封为太师，这倒是令他没有想到的，心中对杨皇后更是刮目相看，这个女人绝非等闲之辈。韩侂胄虽握有大权，也提防着杨皇后，处处小心谨慎。

杨桂枝与宋宁宗赵扩结婚后，曾生下两个儿子：郓王赵增、华王赵堀。遗憾的是，两个儿子均因病夭折。

这真是：

> 皇后空缺有对手，两派势力暗中斗。
>
> 宁宗不听权臣言，识破诡计除污垢。
>
> 饭局举杯喜饮酒，巧到祝贺是时候。
>
> 如花似玉貌倾城，明确册封杨为后。

第七章
官场旋涡不见底　各怀奇妙荡涟漪

历史上，为了争权夺利，在宫廷内部都存在着明争暗斗的情况。

宁宗皇帝执政能力较弱，洞察和处理国家大事的水平较低。权相韩侂胄不顾朝廷内忧外患之局势，欲倾举国之力北伐，以不世之功来固己之权势。一时间，临安城中暗流涌动，危机四伏，杀机陡现。国仇与家恨，忠诚与背叛，斗争与阴谋，朝廷权臣、掌兵大将、爱国名士、金人间谍、江湖异侠、民间高人，鱼龙混杂，无不在这深不见底的官场旋涡中各怀其谋、各显身手，钩心斗角、你争我斗。

一、一支毒箭双飞燕，刺客是谁难查寻

西子湖畔，风光明媚。就是风也不敢狂暴，总是轻轻地、温和地在吹拂，似乎唯恐惊动了万木；就是雨也不敢逞凶，总是充满柔情地、悄悄地在飘洒，似乎总要使这些娇嫩的姊妹得到滋润。湖面上缓缓地泛起涟漪，一圈圈地泛起，又静静地散去。

清晨，一声鸡鸣，把西湖和北高峰都喊醒了。太阳惊醒

后，还来不及跳出湖面，就先把白的、枯黄的、玫瑰红的各种耀眼的光彩，飞快辐射到高空的云层上。刹那间，湖面的上空，陡然铺展了万道霞光。耀花眼的云雀，从樟树上飞起，飞向朝霞万里的高空，渐渐远去、远去。

这天中午，太师韩侂胄在西子湖畔的丰乐楼大宴宾客。

正在开怀交杯畅饮之时，不知从哪里射来一支箭，在酒楼的韩侂胄被毒箭所伤，幸被宋慈及时所救，才免于一死。结果，一次酒宴盖上一层恐怖的阴影。

韩侂胄大惊失色、怒气冲天，"谁如此大胆？敢来暗害我？"

宋慈道："本朝太师和宰相今日同时遇刺，此事非同小可。学生斗胆请韩太师暂息雷霆之怒，要冷静沉着，召回赵知府，请他不要大张旗鼓地追查。"

韩侂胄一时不明白宋慈的意思，问道："你想要老夫不追究今日这件事？那怎么可能！"宋慈道："不，不是不追究，而是请太师暗中派人调查。"

韩侂胄道："哼，刺客明目张胆地到丰乐楼行刺，若非月娘凑巧在此，老夫和陈丞相都几近丧命。刺客如此胆大妄为，就算找遍京城，挖地三尺，老夫也要把他找出来。"

岳珂道："太师，可否容下官插一言？"

岳珂是岳飞之孙，韩侂胄正有意投其所好，计划北伐，想借岳飞声名鼓舞军心士气。于是，对他颇为客气，道："岳郡马如有话不妨直说。"

岳珂道："太师不幸受伤，刺客固然可恶至极，理该将他绳之以法，处以极刑都不为过。但太师有没有想过，刺客行刺对象真的就是太师吗？"

韩侂胄目光闪烁，不解地问道："不是老夫，还能是谁？"

岳珂道："适才宋慈为太师吸毒时，下官已四下勘验过，箭镞从正西面射来，而西面就是西湖。丰乐楼附近湖面又没有船只靠近，因而多半非人力所为。"

韩侂胄道："这明明是弓弩射出的弩箭，如果不是人力所为，难道还是青蛇妖精作怪不成？"

岳珂道："当然不会是青蛇妖精作怪了。刚才有竹竿撞上丰乐楼，随即便有箭镞发出。据下官推测，机关很可能就装在竹竿上。下官仔细查看过，虽然看不太清楚，但那竹竿上绑着一团黑乎乎的东西，应该是具弓弩。刺客事先做了精心安排，利用竹竿弹上时的一撞之力，牵发了弓弩扳机，弓弩瞄准的，就是坐在上首的人。"

韩侂胄往西面看了一眼，哼了一声，森然道："原来还有这等机关。老夫不正是坐在上首吗？这刺客费尽心机，就是要置老夫于死地，老夫无论如何都不能放过他。"

岳珂微微迟疑，不便明言。那堂史史达祖转念间倒是明白了过来，忙低声提醒道："太师，今日荣王到场，若非他自己竭力谦让，本该是殿下坐在上首的。"

韩侂胄一经提醒，"啊"了一声，这才回过神来，问道："岳郡马认为刺客刺的对象其实是荣王吗？"

岳珂道："这个……下官不能肯定。只是现场物证表明刺客要杀的只是坐在上首的人，但情势千变万化，大约刺客也料想不到，最终坐在上首的到底是谁？"

韩侂胄听了，踌躇了半天，一时不语。

二、一波未平一波起，不动声色暗夜查

58　　　这一天，虽是为宰相陈自强举办寿宴，但韩侂胄理所当然

是个核心人物，自当坐在上桌首席，这是全天下人都知道的事实。然而，陈自强是他小时候的启蒙老师，他不愿意当众失礼，所以才力邀恩师与自己并排同坐。换句话说，按照常理，坐在上首应该只有他一人，陈自强坐上来完全是个意外。这应该就是岳珂所称的情势千变万化、出乎凶手意料之外的地方吧？也就是说，陈自强不会是刺客行刺的对象。至于上厅行首艳歌行被射中，只是因为她凑巧站在上首为韩、陈两人敬酒，属于连带中箭受伤罢了。

再说荣王一层。寿宴之前，陈自强虽然亲自出面邀请了荣王，荣王也当场表示同意。然而他年纪太小，还不懂事。他那位嗣母杨桂枝杨贵妃又正与宋宁宗另一宠妃曹美人争当皇后，支持曹美人的人正是韩侂胄。杨桂枝因而对韩侂胄多有怨言，未必会同意荣王出宫出席寿宴。荣王最后的到来，其实是有些出乎众人意料的。但不管怎样，荣王曾当面向陈自强许诺要来参加寿宴。他是皇子身份，未来的诸君，地位最尊，按照制度，的确应该坐在上首，即便是太师、丞相也不能与其并坐。所以，从刺客的目标看，也极有可能是荣王。

岳珂又道："宋慈适才请求太师召回赵知府，改为派人暗中调查，正是因为刺杀目标不明。如果刺客要杀的真是荣王，那事情就复杂棘手多了，刺客一定不简单啊。"

他言下之意，无非是暗示韩侂胄本人的仇家比荣王多得多。而荣王只是个小孩子，刚入皇宫没几年，满朝文武都认不全。要杀他的人，一定不是出于私人恩怨，而是涉及皇室内部的纷争了。

韩侂胄耸然动容，脸色愈发阴沉起来。其实，他内心深处反而松了一口气。凡遇到被人行刺之事，肉体的痛楚还在其

布衣皇后杨桂枝

次，尤其沉重的是心理上的压力，即便他是一人之下、万人之上的太师也不能免俗。试想，天下有那么一个处心积虑要刺死他的人，如何能让他就此释怀、睡得安稳？但若刺客要杀的真是荣王的话，不过是误伤了他，他心里就好受多得了。从这一层心理来看，他倒隐隐期盼那刺客真的是为荣王赵曮而来，甚至有些懊悔，当时真该让荣王坐到上首才好。如果荣王死了，就等于翦除杨桂枝杨贵妃的倚靠，曹美人铁定能当上皇后，看她还有什么本领与他争雄？

韩侂胄其实并不讨厌荣王，内心还是很满意的。最初是韩侂胄本人亲自指派京镗去做这件事的，选中赵曮的是左丞相京镗。而京镗正是他的心腹，无非是要示恩于新皇子，无论谁被选中，最感激的必然是主持挑选的人。京镗最终选中了赵曮，称是天命所归。韩侂胄对天意不天意的并不在乎，只要被选中的皇子容易操控就足够了，因而，当他第一次看到畏缩不敢向前的赵曮时，相当满意京镗的眼光和选择。

韩侂胄想，深宫中的宁宗皇帝偏爱杨桂枝，将新收的皇子赵曮指给她做养子，他的精心谋划不就化作了流水？如果将来是荣王即位，杨贵妃就是皇太后了呀！这妇人机警聪明，野心勃勃，将宁宗皇帝玩弄于股掌之间，无论如何都不能让她掌权。韩侂胄正考虑建议宋宁宗效仿当年宋高宗做法，再选一名宗室子弟入宫立为皇子，交给曹美人抚育，再在两名皇子之间取贤者立为太子。如果今晚荣王遇刺身亡，他就再无须寻找任何托词，直接便能上奏请求官家再立皇子了。唉，一念之差，一念之差啊！

宋慈虽然聪明机智，却远远不及韩侂胄老谋深算。

60

宋慈一心要阻止临安知府赵师睪接管此案，忙道："岳兄所言，正是学生之意。若是让赵知府这般兴师动众地追捕凶手，说不定正中刺客下怀，正是他希望看到的。他正想借韩侂胄之手来搅得京师鸡犬不宁，高兴还来不及呢。"韩侂胄道："那么依宋公子看，要如何处理这件事？"宋慈道："我方在明，敌方在暗，赵知府不知道真凶是谁，真凶却能打听到赵知府的举措。太师何不就此偃旗息鼓，另行指派心腹暗中调查？如此，真凶摸不透太师真实心意，说不定会庸人自扰，露出马脚来呢。"

"正是，正是，说得有理！"韩侂胄点头称赞。

三、无意试羹救侂胄，一碗鱼羹乱深宫

宋慈与韩侂胄正在席间商讨破案之时，不料又突发一事，满场人员惊慌失措，面面相觑。

正当大家议论之时，忽听得"啪"的一声，转过头去，却见余月月脸色苍白，身子摇摇欲坠，手中汤勺落了下来。

宋慈大吃一惊，一个箭步过去急忙扶住她，问道："月月妹，你怎么了？"余月月道："鱼羹……鱼羹中有毒……"

宋慈大惊失色，忙转身去从药箱中取药。

余月月拉住他衣袖，说："我没事，我没事。我之前吃了解毒丸的，只需要立即将鱼羹吐出来就行。"她一时来不及取针刺扎穴位，干脆直接把手指伸入喉咙催吐。自行掏了几下，将头一歪，"哇"的一声，残羹喷了一地。

宋慈忙去取酒水给余月月漱口，又不知道酒里有没有下毒。一时呆住，伸出手去，却不敢去抓壶柄。

宋慈把余月月扶起到一旁坐下，道："现下可好些？"

余月月道："好多了。怪我自己贪吃，实在不该去动那钵鱼羹的。"

岳珂道："好在有惊无险。不过话说回来，如果不是月娘偷吃这么一下，我们还不知道鱼羹中被下了毒呢！"

余月月笑道："那我不成了舍身试羹了？你们两个还猜刺客要杀的是荣王，依我看，目标就是韩太师。你看，又是毒箭，又是毒羹的，这人肯定是跟他有深仇大恨，非要他死不可啊？"

韩侂胄见余月月偷吃的正是最大的那个钵，也正是丰乐楼厨娘宋易安亲手端上来、专门为他准备的鳜鱼鱼羹。脸上，顿时黑气大盛。

一旁岳珂看见，料想韩侂胄狂怒之下，多半会立即下令逮捕宋易安及其他厨子、杂役等人严刑拷问。这些人大多无辜，一旦落入急于立功的官差之手，不死也要脱几层皮。于是，急忙道："目下丰乐楼危机重重，不宜久留，请太师立即离开，以策万全。这里的一切，就请交由下官和宋慈来处置吧。"

韩侂胄尚不肯罢休。史达祖忙道："歹人手段阴险，无所不用其极，太师是金贵之体，还是先离开的好。"

韩侂胄尚在沉吟，史达祖附耳过去，悄悄地说了一番话。韩侂胄便点头道："好，宋公子，老夫答应你的二件事，但你也要答应老夫一个条件，老夫就指派你来调查这件案子。你直接向老夫报告，无须再经过任何官署。岳郡马，你有朝廷官职，负责从旁协助宋公子。这样，他做事方便些。你二人需要用人用兵用钱，直接告诉史先生，无所不可。案情有什么结果，立即向老夫禀报。"

宋慈见韩侂胄态度坚决，料想推谢也不会有什么结果，而且由自己来查案，总比临安知府赵师睪肆意扰动京师百姓要好，只得上前躬身谢道："宋慈领命。"

韩侂胄这才重重哼了一声，拂袖下楼去了。

表面上平静如水，暗地里狂风暴雨。你争我斗，错综复杂，谁是谁非，难以看破。

太阳突然从迷蒙的雾气中挺身而出，一下子揭开了那层灰蒙蒙的面纱，把西子湖迷人的春色活灵活现地铺展在人们的眼帘里。那是洋溢着青春气息的绿，是使人心悦神驰的缤纷，就连湖畔垂柳的轻轻抚弄，也让你感觉到一种欢乐的震颤。这是因春的律动、因生命的律动而引起的欢乐……

杨桂枝晋封皇后后，就被卷入这种错综复杂的政治旋涡之中了。

这真是：

> 忧民矢志一抔土，报国捐躯六尺躯。
> 左扶右策声相应，后拥前呼影不孤。
> 千寻翠壁无奇策，万斛明珠有壮图。
> 诸王子弟知器宇，一代宗儒意如初。

第八章
宁宗赵扩登皇位　大权旁门落奸臣

　　宋宁宗赵扩是宋朝第十三位皇帝、南宋第四位皇帝。1168年11月19日生，是宋光宗和李皇后所生的第二个儿子。乾道五年（1169）五月赐名赵扩。绍熙五年（1194）为太子，不久继位。传说，宁宗的母亲李皇后梦见一个大太阳坠落到庭院里，只见火光冲天，发出了刺眼的光芒，就用手承接它，从而怀孕有娠。直到宁宗出生当天夜晚，果然祥光绕室，一片光亮。

一、宫廷政变危难地，赵扩被迫皇位登

　　宋宁宗继位时，名义上是宋光宗禅位给宋宁宗，而实际上是赵汝愚、赵彦逾、叶适、徐谊等朝臣以宋光宗无法执丧为理由，透过外戚韩侂胄从中联络，获得高宗吴皇后支持所造成的一次宫廷政变，逼迫宋光宗让位的。

　　1194年6月，孝宗去世，光宗却以病为辞，不肯主持丧礼。大臣们只好请太皇太后吴氏代替光宗举行祭礼。大臣又奏光宗说："皇子嘉王扩，一向仁慈孝顺，应立于储君，以安定人心。"光宗立即批示："历事岁久，念欲退闲。"

在举行祭礼时，赵汝愚等率文武百官在孝宗灵柩前请求太皇太后吴氏宣示光宗禅位，太皇太后宣读："皇帝心疾，未能执丧，曾有御笔，欲自退闲，皇子嘉王扩可即帝位。"赵汝愚出来后，把太皇太后的意思告诉宁宗。宁宗坚决推辞道："恐怕会背负不孝的罪名。"赵汝愚说："天子应当以安定社稷、国家为孝，如今朝廷内外忧心忡忡，害怕混乱，万一发生意外变故，置太上皇于何地？"这样，大臣们才把嘉王赵扩从人群中拥出，赵扩却推辞说："上告大妈妈，臣做不得，做不得。"太皇太后吴氏立刻命太监说："去拿黄袍来，我亲自给他穿上。"穿毕，立即登位。赵汝愚立刻率文武百官跪拜，三呼万岁。赵扩登位，史称宁宗。

宁宗虽然对政事少有自己的主见，但他对台谏的意见却是十分重视。宋代的台谏官有纠正帝王为政疏失、弹劾百官的权力，他们的议论在一定程度上代表了当时公众舆论，历代宋帝都非常重视台谏奏议。宁宗严格遵循祖宗之法，曾对人说："台谏者，公论自出，心尝畏之。"殊不知，台谏的公正性是建立在帝王有知人之明的前提之下的，只有正直的士大夫入选台谏，才能使台谏发挥正常、良好的作用。然而，宁宗却缺乏辨别人才的能力，居心叵测之辈因而可以大肆引荐党羽进入台谏，控制言路。宁宗一味认定台谏之议代表公论，不可不听，至于台谏到底是君子还是小人，却不闻不问。结果，原本受到士大夫尊敬和向往的台谏职位上，被小人插手而控制，充斥着败类。他们打击异己、讨好权臣，台谏变成权臣用以控制宁宗的又一有效工具。

宫廷内错综复杂，官员间你争我斗。

第八章 宁宗赵扩登皇位 大权旁门落奸臣

65

二、奸臣操纵权失控，理政无方错用人

宋宁宗继位后，重用了使其登上皇位的赵汝愚和韩侂胄两位大臣，任命赵汝愚为宰相，韩侂胄为枢密院都承旨。

原来，宋宁宗的夫人韩氏是韩侂胄的侄女。有了这层外亲关系，当韩氏册立为皇后之后，韩侂胄更加得势了。他目空一切、胡作非为、大权独揽。

出生皇族宗室的赵汝愚被宁宗任命为宰相，他收揽名士，也想有一番作为。然而，外戚韩侂胄心怀鬼胎，与赵汝愚一直是面和心不和，两面三刀，图谋排斥赵汝愚。为了达到他不可告人的目的，韩侂胄先后起用了京镗、何澹、刘三傑、刘德秀等人。对此，著名理学家朱熹约吏部侍郎彭龟年等弹劾韩侂胄。彭龟年计划上奏韩侂胄"进退大臣，更易言官"，"窃弄威福，不去必为后患"。可惜，这一想法还未来得及实施，消息便传到韩侂胄的耳里。韩侂胄立即反戈一击，对宋宁宗说："朱熹迂阔不可用"。由于宁宗信任韩侂胄，朱熹被罢官。庆元元年（1195）二月，赵汝愚也被罢相，出知福州。凡是反对赵汝愚罢官的人，前前后后陆续都被窜逐，大权落到韩侂胄一人手中。

在韩侂胄集团的策划下，宋宁宗还下令禁止道学，定理学为伪学，罢斥朱熹等理学家。对当时的许多知名人士进行清洗，禁止朱熹等人担任官职、参加科举。这一事变，史称"庆元党禁"。

三、宁宗忠诚人厚道，水平虽低人品亲

嘉定十七年（1224）八月，宋宁宗病死于临安宫中福宁殿，在位30年，享年57岁。据《东南纪闻》记载：宁宗病危时，史弥远进献金丹百粒，宁宗服用后不久即去世。由此可见，史弥远毒害宁宗的嫌疑很大。

赵扩作为光宗唯一的子嗣，自幼受到良好的教育。他即位初，曾亲自开列了10部经史书目，又开列了一张10人的名单，对彭龟年说："朕读的书太少了，打算把讲官增置到10名，每人各专讲一书。"他选定的讲官中，既有原嘉王府游黄裳等人，更有他仰慕已久的大儒朱熹，堪称极尽一时之选。尽管宁宗好学，但他只注重读书的数量，对书中的内容意义却是一知半解，更谈不上灵活运用了。因而，他的理政能力未能得到提高。

从宁宗的整个人生历史来看，实事求是地说，宋宁宗虽然执政水平有限，但为人的品质，总体上还是好的。他为人忠诚、仁厚，对长辈有孝心，对民间疾苦颇为关心和同情。

登皇位之前，他护送高宗灵柩去山阴下葬，路上见到农民在田间艰难稼穑的场景，感慨地对左右说："平常在深宫之内，怎能知道劳动的艰苦！"绍熙五年（1194）为太子，不久继位。宋宁宗继位时，其父宋光宗改太上皇，名义上宋光宗禅位给宋宁宗，实际上是赵汝愚、赵彦逾、叶适、徐谊等朝臣以宋光宗无法执丧为理由，逼迫宋光宗让位的。开始，赵扩对让他继承皇位是不同意，也不知内情。

继位后，宁宗几乎每年都颁布蠲免各种赋税的诏书。在个

人日常生活上，宁宗也力行节俭。他平时穿戴朴素，并不过分讲究；饮食器皿也不奢华，使用的酒器都是以锡代银。有一年元宵夜，一个宦官见宁宗独自端坐在清淡的烛光下，便问："上元之夜，官家为什么不大摆宴席庆祝一下？"宁宗愀然答道："你知道什么！外间百姓没有饭吃，朕怎么能有心思饮酒呢？"有一次，他前往聚景园游赏，临安的百姓争相观看，以至于发生有人被践踏踩死的事故。宁宗知道后，十分后悔。从此决定，再也不出宫游赏了。

从这些生活细节中，他的关爱百姓、思考民众的切身利益的良好思想品行，可见一斑。

这真是：

> 龙舟太半没西湖，便是先皇节俭图。
>
> 执政在位三十年，棹歌一曲在康衢。
>
> 郑人买履浮云蔽，鱼目混珠正气孤。
>
> 云峰嗑出千山瘦，霞锦平铺百草枯。

第九章
佞胄奸邪怨声起　皇权弱势两相争

　　在封建社会，一个朝代皇权的强弱、政权的安稳与否、社会的兴衰，无不与当时皇帝能力强弱有关。皇权弱则相权强，下面的官员尤其是掌握大权的丞相就会大权独揽，把皇上架空。南宋时的宋宁宗就是这样，他因执政能力弱，先被权臣韩侂胄、后被史弥远架空。

一、理政无方欲难平，有恃无恐权臣霸

　　赵扩作为光宗唯一的子嗣，自幼受到良好的教育。光宗即位后，他受封嘉王，到宫外府邸居住，光宗不仅将自己在东宫时收藏的图书全部赐予他，还亲自挑选了黄裳、陈傅良、彭龟年等一批名儒，担任他的老师，且赵扩学习也非常勤奋。

　　尽管宁宗勤奋好学，但他的理政能力，未能有所提高。即位不久，群臣的奏疏就因得不到他的及时批复而堆积如山。彭龟年建议他，让负责进呈奏疏的通进司把奏疏开列一单，皇帝阅后，在单子上注明需要亲自过目的部分，其他的就可交由三省、枢密院处理，这样，处理奏章的效率就可以大大提高。彭龟年对自己这位学生的天分深有了解，因此他干脆附上了单子

的格式，以便宁宗能够"照葫芦画瓢"。这番几乎是手把手的教导，最终没有被宁宗采纳。凡是大臣的奏章，他一律批"可"，倒也省去了不少时间，只是害得臣下们大费脑筋，两位大臣的奏章针锋相对，皇上都批了"可"，到底以谁为准呢？

赵扩缺乏主见，在对金国的和与战的问题上，摇摆不定。皇帝受权臣的摆布，甚至连维系国统的皇嗣也由权臣一手操办。平时，即便是临朝听政，臣下们也难得听到宁宗自己对政事的看法。负责记录皇帝言行的起居舍人卫泾，曾经描述了宁宗上朝情形，陛下每次面见群臣，无论群臣所奏连篇累牍，时间多长，陛下都和颜悦色，耐心听取，没有一点厌倦的样子，这是皇帝谦虚，未尝有所咨访询问，多是默默地接受而已。宁宗很有耐心，但这并不能帮助他解决实际问题。

批阅奏章，临朝听政，这些都是皇帝表达自己意旨的正常途径。宁宗也许是不愿意受到任何约束，所以选择了一条非正常的理政途径——御笔。御笔由皇帝在内宫批示，不经过三省等中央决策机构，直接下达执行。这种做法失去了对君权的制约，是不合制度的。传达宋代御笔必经宦官和近幸之手，如果皇帝是精明强干之君，尚不致酿成大患，但宁宗却是个理政能力不强的皇帝，滥用御笔只能为权臣专政制造可乘之机。他们通过勾结宦官和后宫，或对御笔的批示施加影响，或在御笔的传达过程中做手脚，让御笔成为自己揽权的工具，甚至假造，代行皇帝之权。据说一次内廷宴会，一名伶人扮演买伞的顾客，顾客挑剔卖伞者说，雨伞只油了外面："如今正（政）如客人卖伞，不油（由）里面。"巧妙地以谐音暗指政事不由内（宁宗）做主，而观剧的宁宗却懵懂不晓何意。

面对这样的皇上，权臣自然是有恃无恐，更加肆意妄为。

二、侂胄奸邪怨声大，权势遮天众人鸣

宋宁宗赵扩，他仪表威武英俊，面貌端庄，身躯四肢匀称，举止文雅，态度严肃。他执政能力不强，没多大才华，办事也不果断，想不出什么好的对策。什么该决策，什么不该决策，也心中无数。只因他是皇帝，所以照样令人肃然起敬。

时间到了开禧元年（1205），韩侂胄加封平章军国事，总揽军政大权。韩侂胄在朝廷官员中，大权独揽，专横跋扈，目中无人。从而，积怨很深，恨他的人也很多，引起众人愤怒。

宁宗时，教育家朱熹担任宝章阁待制，专门为皇上写诏书，并任皇帝的老师——待讲，专门给皇上讲经史和文学。他才华横溢，却遭遇到韩侂胄的嫉妒，被罢了官。当时，朝中有一个叫吕祖俭的官员给皇帝写信说："韩侂胄是一个狐假虎威，窃取大权的小人，皇帝应提防，否则会有大患。"韩侂胄知道这件事后，就利用职权罢免了吕祖俭的官，并将他赶出了京城。

韩侂胄根本不把皇上放在眼里，独断专行。他有了出兵伐金，北定中原的想法，就下令各军做好行军的准备。他任命旧日倚属苏师旦为枢密院都承旨，指挥军事；邓友龙为两淮宣抚使；程松为四川宣抚使；吴曦为副使，北伐的主力分布在江淮、四川。由于韩侂胄用人不当，吴曦已在四川暗中勾通金朝，做了内奸。他派遣门客去金军，密约献出关外阶、成、和、凤四州，换取金朝承诺，让他来当蜀王。金人指令吴曦在金兵临江时，按兵不动，使金兵无"西顾之忧"，吴曦一一照

办。面对金军，吴曦下令撤退，宋军溃败，金军入城陷关，如入无人之地。西线有了吴曦做内应，金军部署兵力集中东线作战，溃郭倬于宿州，击李爽于寿州，败皇甫斌于唐州。

在立后过程中，权臣韩侂胄劝宁宗"册曹置杨"，被王梦龙知道后，暗地里告诉了杨皇后。皇后很恨韩侂胄，并设计诛杀韩侂胄。

韩侂胄当上了太师，更是横行霸道，独断专行。一手遮天，排挤赵汝愚，在内廷安插了自己的亲信，架空宋宁宗，在朝廷内议论纷纷。这一切，杨皇后看在眼里，急在心里。于是，就联络了当时礼部侍郎史弥远，决定把韩侂胄处死。

三、当好助手帮皇上，诛杀侂胄安民心

赵扩当上皇帝的第二年就与宫女杨桂枝结婚，此时，杨桂枝虽已33岁，但保养得好，脸上红润，外表看上去就是二十多岁的健康大姑娘的模样。她，身体健康，常穿一身纺细的裤褂，一双略旧的布鞋，全身都非常整洁，举动活泼，说话很大方、爽快，很有分寸。她有一双水灵灵的大眼睛，当她笑的时候，牙齿整齐地露出来。夏

杨桂枝塑像

天天热，鼻尖微微有点汗，

她时常用手绢揩着。她知书达理，懂经史、明政治、有智谋，成为她丈夫宋宁宗赵扩的好帮手。杨皇后足智多谋，给了宁宗不少建议，久而久之，宁宗竟有些依赖皇后。杨皇后不愿给人留下后宫干政的口舌，不到万不得已之时，自己是不出面的。

杨桂枝对权臣韩侂胄的所作所为一直不能释怀。皇帝对此不闻不问，杨桂枝看在眼里，急在心里。于是，杨桂枝筹谋对策，联络与韩侂胄不和的、时任礼部侍郎的史弥远，中军统制夏宸等朝臣密谋，等待时机将韩侂胄处死。开禧二年（1206），官居太师，恃宠生骄的韩侂胄为了封堵悠悠众口，罢免了军事指挥官苏师旦、邓友龙，任命丘崈为两淮宣抚使。丘崈上任伊始，便放弃泗州，退军盱眙。金军抓住机会，分兵九路出击，形势顿时逆转，由宋军北伐变为金军南侵，一时间，光化、枣阳、江陵、信阳、襄阳、随州、滁州、真州都被金军占领。

在缺乏充分准备的情况下，韩侂胄贸然发动了对北方强敌金国的战争。到了年底，宋军一败涂地，金军秘密派人联络丘崈，示意讲和。西线吴曦叛变，东线丘崈主和，主张北伐的韩侂胄陷入了政治危机当中，朝中责骂之声不断，韩侂胄孤立无援。战后，宋宁宗对韩也很失望，也不再信任他了，并收回了韩侂胄的兵权。

有人或许会问，韩侂胄主战北伐，想要收复中原，为何成了秦桧一样的奸臣，遭人唾骂？史学家蔡东藩有一段评语可谓一语中的："（秦）桧主和，侂胄主战，其立意不同，其为私也则同。（秦）桧欲劫制庸主，故主和；侂胄欲震动庸主，故主战。（秦）桧之世，可战而和者也；侂胄之时，不可战而战者也。"

韩侂胄与秦桧方法不同，但目的是一样的，都是为了私人利益。

真是：

损人利己贪黑吏，搅水掀波徇私衙。

飚风卷地一声泪，暴雨摧窝八月洼。

人间情重人自正，窗外事多思无邪。

心照日月施药救，万古江河发兵拿。

第十章
运筹帷幄斗智勇　铲除权臣赋太平

　　韩侂胄凭借韩皇后是他侄女的这层关系，大权独揽，胡作非为，拉拢了一班朝臣，根本不把宋宁宗赵扩放在眼里。从反对册封杨桂枝为皇后，到后来立谁为皇子，韩侂胄一直暗中算计、谋划，提防着杨桂枝，对杨桂枝的一举一动都极力反对，一直与她对着干。对此，宋宁宗并不清楚，也没能力和魄力对付韩侂胄。而杨桂枝却是心知肚明，了如指掌。她认为，宫内各种势力明争暗斗，危机四伏，必须采取果断措施除掉韩侂胄，宁宗皇帝才能当得下去，政局才能稳定。

一、侂胄奸邪众人知，寻找时机正路行

　　宁宗的恭淑皇后去世，宁宗便想把杨贵妃晋升为皇后，但此事遭到了韩侂胄的反对，理由是杨贵妃好弄权术，对大宋江山怕是有一定的影响；于是，宁宗便将此事搁置了下来。后来，此事传到了杨桂枝的耳朵里，她便与韩侂胄结下了梁子。由于宁宗最终还是立杨桂枝为后，杨皇后便利用此身份一再对韩侂胄施加压力。

　　韩侂胄是当时的主战派，他一直都希望能够带兵北伐抗

金，收复大宋失地，又一直被宁宗所信任。杨皇后了解到韩侂胄想要北伐的消息，认为自己的机会来了，便劝说皇子向皇上建议让韩侂胄出兵攻打金国。宁宗知道后，认为凭现在宋朝的实力，攻打中原简直就是以卵击石，便没有同意。

当时，韩侂胄权倾朝野，而杨皇后势单力薄，一时无法下手，万一泄密或者失手，后果不堪设想。她，静静地等待时机。

四年后，机会终于来了。宋宁宗开禧二年（1206），官居太师、恃宠生骄的韩侂胄在缺乏充分准备的情况下，便贸然发动了对北方强敌金国的战争——史称"开禧北伐"，结果，一败涂地。宋朝君臣对战胜金军，收复中原，已失去信心。因金人提出要斩韩侂胄等人而未果，韩侂胄只好向金朝求和。此役结束后，朝野上下对韩侂胄责骂之声不断，怨声四起。宁宗也对其失望至极，韩侂胄个人威望严重受挫，影响力急速下降。接着，又是兵败之后的谈判。金国作为胜利者，自然提出了苛刻的条件，除了提出割地赔款以外，还要求将发动这场战争的主谋缚送金国。

在这种形势下，朝廷中的主和派又形成了势力，礼部侍郎史弥远和杨皇后是主要代表。杨桂枝认为，韩侂胄北伐过于轻率，平时大权独揽，把宋宁宗赵扩架空，对她这个皇后也从来不尊重。他们通过皇子向宋宁宗进言："韩侂胄再启兵端，将危及社稷。"杨皇后也在旁边劝说宋宁宗。但宋宁宗很犹豫，一时难以定夺。

杨桂枝看清朝廷内你争我斗的情况，对韩侂胄这个人的德行更是了解得一清二楚。她认为必须除掉韩，丈夫赵扩才能稳住政局。如果此事走漏风声，让大权在握的韩侂胄知道，后果将十分严重。

为了增加人手，形成势力，杨桂枝暗中委托侄儿杨谷、杨石"择廷臣可信任者共图大事"。

当时，韩侂胄任枢密都承旨，加开府仪同三司，执掌朝政大权，权力在左右丞相之上，加上曾有定鼎之功，深得宋宁宗信任。而杨皇后充其量不过是在后宫呼风唤雨，她意识到必须要结交朝臣，才有可能彻底铲除韩侂胄。于是，杨皇后通过杨谷、杨石牵线，主动向礼部侍郎史弥远示好。

杨桂枝通过内部了解，获知礼部侍郎史弥远与韩侂胄一直有矛盾，是势不两立的死对头，也正想寻找宫中内应，来为自己谋取更大的权力，自然与杨皇后一拍即合，取得联系。为了不出意外，杨桂枝决定择机先与史弥远联系，借刀杀人，借助史弥远之手来除掉韩侂胄。

韩侂胄的感觉没有错，背后盯着他的那双眼睛，始终不曾离开过他。开禧三年（1207），韩侂胄决意再度整兵出战，他起用辛弃疾代替苏师旦来指挥军事。可是，命令下达不久，十月三日，辛弃疾就因病而逝。朝中主和的大臣议论纷纷，推举史弥远弹劾韩侂胄。于是，礼部侍郎史弥远率先发难，上书反对韩侂胄继续用兵，并请求将其斩首。史弥远对此事没有把握，于是入宫来求见杨皇后。

做了多年准备的杨皇后认为时机已经成熟，也正要找他。史闻之，正合自己心愿，欣然奉命。双方一拍即合，内外联手。

史弥远感到上书未能说服宁宗，却正中杨皇后的下怀。于是，杨皇后让史弥远动手制订并实施诛杀计划。两人决定采用秘密行动，除掉韩侂胄。

杨皇后宽慰道："此事莫急，须找个稳妥之人先面奏圣上，视圣意如何再弹劾不迟。"

在史弥远的暗中精心组织和串联下，一大批与韩侂胄不和的大臣们纷纷加入进来，其中有参知政事钱象祖、礼部尚书卫泾、著作郎王居安、前右司张郎官等。他们制订了周密而稳妥的计划，只等时机的到来。

杨皇后召太子赵询入宫，如此这般地吩咐一番，让他去面禀父皇。

赵询等待宁宗退朝，当面禀陈道："侂胄仓促用兵，不顾百姓安危，已是败绩连连，今欲再启兵端，恐危社稷！"

宁宗漫不经心道："朕自有分寸，你且回去罢！"

赵询谏言，杨皇后尚在一旁，见宁宗犹豫不决，遂从旁进言道："侂胄奸邪众人皆知，只怕他权势遮天，不敢明言罢了，如今陛下又听任他起兵，闹得中外汹汹，群臣恨不能啖其肉、寝其皮，陛下犯不着替他担责。"

宁宗嗫嚅道："待朕查明，再行罢黜。"

杨皇后道："侂胄在满朝文武中皆安插了亲信，陛下深居九重，如何能够查实？此事不得再犹疑，唯有懿亲方可用心去查。"宁宗方点头答应。

杨皇后见自己的话起了作用，但以她对宁宗的了解，这个作用只是暂时的，因为宁宗总是迟疑，她怕韩侂胄耳目遍布，夜长梦多，事不宜迟，遣人连夜召史弥远入宫商议。

杨皇后对史弥远密语道："有两件事你速去办理，一是联络朝臣，准备奏章联名弹劾韩侂胄；二是反水侂胄亲信，让他们认明形势，好自为之！"

史弥远得旨退归，马上联络礼部尚书卫泾、副枢密钱象祖、著作郎王居安、右司郎官张镃、参政李璧等前来谋划。

78

二、模仿宁宗下圣旨，处死权臣大事成

俗话说，没有不透风的墙。韩侂胄亲信早已侦报疑情，禀告韩侂胄。刚开始，韩侂胄还将信将疑，没有当真。

有一天，韩侂胄来到都堂，迎面碰到李璧，漫不经心地问道："听闻有人想要改变目前局势，参政可晓得这回事？"

事发突然，李璧毫无思想准备，见侂胄当面问起此事，顿时面红耳赤，吞吞吐吐地答道："不曾晓得……"听后，韩侂胄离去，李璧立即将此事报知史弥远。

史弥远听闻后，大惊失色，便立马去与张镃商议。张镃一咬牙，道："索性一不做，二不休，杀了侂胄万事皆休。"

史弥远听罢，踌躇再三，事关重大，不敢独断，交代张镃道："讨得懿旨，你们再下手不迟。"然后，急速入宫，面禀皇后。

杨皇后见此事已泄密，不免沉吟道："侂胄手握重兵，一旦他先发制人，宫廷必生大乱。届时，尔等性命难保矣。礼有经权，事有缓急。今日之事，也只能如此了。"此时，做了多年准备的杨皇后十分沉着，认为时机已经成熟，便让史弥远动手实施诛杀计划。为掩人耳目，达到目的，杨皇后决定效仿宋宁宗的字迹伪造诛杀韩侂胄的御批密旨。她言罢，便起身去了屏风后。不一时，交一道密旨给史弥远，嘱他速去办理。

在杨皇后的授意下，史弥远更是精心策划，选定主管殿前司公事的中军统制夏震杀死韩侂胄。史弥远不敢耽误，连忙出宫，找到禁军统制夏震，说手上有一桩奇功让他去办，问他敢不敢做。夏震满脸狐疑，"初闻欲诛韩，有难色"。待史弥远

说出原委，夏震依然不信。直至史弥远从袖中取出密旨，夏震方道："君命在此，震理当效死！"

开禧三年（1207）十一月初三，杨桂枝同史弥远决定借"轻启兵端"的罪责，让夏震率兵在玉津园附近将韩侂胄处死。中军统制夏震领命而去，统兵禁军三百，埋伏在韩侂胄上朝的必经之地——六部桥一侧，候机诛奸。韩侂胄和平常一样坐着轿舆去上朝，走到六部桥时，前方突然冒出一队人，拦住了轿舆的去路。夏震更不待言，令部卒一拥而上，只见为首者挥手喝道："圣上有旨，太师已罢平章军国事，立即退出去！"韩侂胄诧异道："圣上如果有旨，我为何不知？"夏震指挥禁军围了轿舆，竟往玉津园来。到了园内，将韩侂胄一把拖出，喝令跪接圣旨。夏震宣诏曰："韩侂胄久任国柄，轻启兵端，使南北生灵，枉罹凶吉，着罢平章军国事……"话音未落，一部下已取出铜锤，猛向韩侂胄头颅敲去，韩顿时倒毙。就这样，杨皇后除去了挡在她面前的最大的一道障碍，再也无人敢对她指手画脚了。

为此，杨皇后耐心地谋划了四年，隐藏了四年，等待了四年的计划顺利实施。

三、果断铲除韩侂胄，稳定政局见分明

当日傍晚时分，杨皇后得报韩侂胄已死的消息，遂告宁宗道："陛下，韩侂胄被中军统制部下砸死在玉津园里了。"宁宗不相信，不了了之。事后，有人又向宁宗正式禀报韩侂胄死讯，宁宗摇摇头道："这没影子的话，朕如何信得。"直到三天后，朝堂上始终没见到韩侂胄，宁宗才相信皇后所言不虚。

可见，宁宗对诛杀韩侂胄一事还蒙在鼓里。

宁宗本无杀韩之意，见生米已做成熟饭，只好顺水推舟。为此，他还发布诏书，历数韩侂胄之罪行，颁示中外，抄没家产，查得各样珍宝、乘舆御服等不计其数。

在这一事件中，起决定性作用的正是杨皇后效仿宁宗字迹所拟一道圣旨及史弥远的精心组织。从这件事，我们可以获得许多有价值的信息：一是杨桂枝胆识过人，极具政治天赋，韩侂胄对其"任权术"的评价是十分准确的；二是杨桂枝可仿效宁宗书迹，达到以假乱真的地步，足见其书法之功力，这也与史书记载的杨皇后"书法类宁宗"相契合。三是整个事件中，宁宗皇帝事先并不知情，事后也不追究，显现出他与杨桂枝之间男弱女强的夫妻关系。

宋宁宗在位后期，杨桂枝也的确有弄权的行为。她之所以这样做，也是为了巩固宁宋赵扩的政权，协助宁宗理清政务。杨皇后治理后宫也是井然有序，一丝不乱的。人们都说皇后会用典，这个"典"，既是法典，又是文典，是文章典故的意思，杨皇后只有胸有成竹，才能服众。

金国的议和条件是南宋用韩侂胄、苏师旦的首级赎回被金军占领的淮南之地。宁宗命令临安府长官劈开两人棺木，取出头颅，以交换被金国侵占的土地，宋金和议最后达成。

这真是：

> 罪恶必报时候到，处死侂胄多巧妙。
> 胆识过人用权臣，扶持宁宗讲策略。
> 一身肝胆群马啸，万里云霄独旗飘。
> 时逢今世秦火熄，浪卷前朝汉廷萧。

第十一章
富有情商谋政治　历史旋涡巧周旋

　　杨桂枝少时入慈福宫，得到慈烈皇后吴太后和宋宁宗赵扩
的厚爱，从宫女中脱颖而出。她不但能歌善舞，诗词书画样样
俱佳，而且是个富有谋略的政治家。宋宁宗赵扩册封杨桂枝为
皇后后，她身不由己地被推入朝廷内政治纷争的旋涡之中。但
她也展示出一个富有智谋的政治家风采。

一、一入侯门深似海，政治明星智商全

　　明争暗斗千秋唾，权臣误国万马喑。

　　宁宗即位不久，就陷入了大臣之间你争我夺、明争暗斗的
旋涡之中。大臣赵汝愚和韩侂胄都是拥立赵扩登基的有功之
臣，后来二人为争夺权力产生了矛盾。结果，赵汝愚斗不过阴
险狡猾的韩侂胄。韩仗着自己的外戚身份和宋宁宗的器重这一
特殊关系，采取阴谋手段除掉了不拘小节、性情粗疏的赵汝
愚，从此独掌朝中大权。

　　据《宋史》《历代妇女著作考》等史料记载，宋宁宗赵扩
第二任皇后是平民出身的杨桂枝。她出身虽然贫寒，见识却不
凡，有文化，有智谋，懂权术，有心计，有才华，有上进心。

面对权势，她能淡然处之，是宋朝风云里不可忽视的人物。她虽不像武则天那样真的当上女皇帝，但在协助宋宁宗赵扩执政、稳定政局、促进社会发展方面，也发挥了重要作用。后来，在宋理宗执政时，宋理宗又请她垂帘听政，但时间不久，她便审时度势，急流勇退，安享晚年。

韩侂胄专权时期，宁宗好似一个傀儡，一切官吏任免，唯韩侂胄之命是从，宁宗不能做主。皇后韩氏去世后，宁宗立杨贵妃为皇后，怕韩侂胄不满，便加封他为太师。此前，韩已进爵为平原郡主。杨桂枝虽然时刻保持谨慎低调的处事风格，但由于皇后在宫内显赫的地位，在激烈的政治斗争中自己无法置身于事外。而且，皇后的政治倾向会对朝廷政局产生重要影响。杨桂枝面对错综复杂的宫廷内情，她很有分寸地协助宋宁宗，恰到好处地把握了这种政治影响力。

在一系列政治事件中，充分显示了平民皇后杨桂枝的睿智与机警，果敢与冷静。她化解一次次政治危机，留下一段段历史传奇。

二、能辨奸佞识贤德，尽显巾帼英雄天

从宫女到皇后的过程中，杨桂枝遇到不少难题，她都能巧妙地处理好。杨桂枝性机警，能辨奸佞，又贤良，是个富有权谋的政治家，在理政上发挥了助手作用。从而，引出了不少矛盾，也改写了南宋的历史进程。

巧妙处理，解决立谁为后的矛盾。宁宗原配韩皇后去世之后，后位空缺。宋宁宗最恩宠的是曹美人和杨桂枝两个人。在两人之间立谁为皇后问题上，宫内有不同的意见。权臣韩侂胄

反对立杨桂枝为后，力劝宋宁宗立曹美人为皇后。杨桂枝得知韩侂胄力劝宋宁宗赵扩立曹美人为后的消息，她立即采取对策，施展计划。当即，她向曹美人提出两人分别设宴请宁宗，让宁宗自己来决定的办法，推动宋宁宗态度明朗地、果断地写下了立杨氏为皇后的手诏。

随机应变，妥善处理改换太子另立嗣的矛盾。本来皇位继承人是赵竑，而史弥远却要改换太子，推举赵昀为嗣。赵竑对史弥远的擅权、专横跋扈十分不满，想在即位后远贬史弥远。当然，杨皇后在矫诏废立这件事上，也有过犹豫，因为这毕竟要突破祖宗家法。然而，回想平时赵竑这个人太过专横，对她这个皇后也不尊重，她也不同意让赵竑继承皇位。她权衡再三，决定来个顺水推舟。最终，她大胆突破了皇族中后妃不干政的家法，决定矫诏废皇子赵竑而立赵昀。这一决定，既实现了史弥远的理想，也达到杨皇后的目的，一箭双雕。

冷静处理内廷与外廷的矛盾。杨皇后先利用史弥远与韩侂胄之间的矛盾来除掉韩侂胄，接着又利用史弥远与赵竑之间的矛盾，同意改立赵昀为太子，实现自己的意愿。同时，她又以此事来打压史弥远，使史弥远的狂妄擅权得到收敛。

史弥远独揽朝纲，大权在握，对金国一贯采取屈服妥协的政策，对平民则疯狂掠夺。史弥远大量印造新会子，不再以金、银、铜钱兑换，而只以新会子兑换旧会子，并且把旧会子折价一半，致使会子充斥，币信跌落，物价飞涨，民不聊生。其后，史弥远又让丁大全、贾似道两位奸相大肆折腾，南宋国势急衰。随着岁月的流逝，杨桂枝年事已高，精力有限，况且她只是个皇后，无力扭转国力日渐衰退的局面。

三、施展机智与聪慧，历史舞台谱新篇

为了巩固自己的地位和权势，韩侂胄在一些党羽的鼓动下，打算通过北伐来建立盖世功名。由于他的独断专行，朝臣内部矛盾重重，极不稳定，因而他进行的一场军事投机很快就破产了。

北伐受挫，只好罢兵求和。金人提出条件，南宋若向金称臣，就以江淮之间取中为界；若称子，则以长江为界。并要求南宋杀掉韩侂胄，把首级献给金国。韩恼怒金人抓住自己不放，决心再度整兵出战。结果，南宋再度战败。

韩侂胄被杀以后，史弥远立即派人把这一消息告诉了金国，并以此作为向金国求和的筹码。此后，南宋朝政被史弥远、钱象祖把持。经过与金国的谈判，按照金国的要求，韩侂胄和苏师旦的首级被送往金国示众。嘉定元年（1208），南宋与金国签订了屈辱的《嘉定和议》，和议条款为：两国境界仍如前；嗣后宋以侄事伯父礼事金、增岁币为银帛各三十万；宋纳犒师银三百万两与金。南宋皇帝与金国皇帝称谓由以前的"侄叔"改变为"侄伯"，比《隆兴和议》更为屈辱。

韩侂胄死后，宋宁宗声称要革除韩侂胄的弊政，为赵宋基业"作家活"。"首开言路，以来忠说"是宁宗更化的第一个措施，他再次表现出"人所难言，朕皆乐听"的诚意，但也只是听听而已。改正韩侂胄专政时期的国史记载，也是更正内容之一。此外，宋宁宗的措施还有清洗韩党，陈自强、邓友龙、郭倪、张岩、程松等都被贬到远恶州军，除名抄家的也大有人在。但清洗却走向了极端，凡是赞同过北伐的朝臣都被视

作韩党。比如，叶适被夺职奉祠达 13 年之久，陆游也以"党韩改节"的罪名被撸去了职名。

宋宁宗赵扩册封杨桂枝为皇后，客观上也不可避免地将她拉入政治旋涡。这位出身平民的皇后倒是借此机会，充分展现了自己富有智谋的政治家风采。宋宁宗去世后，在擅行废立的事情上，虽然史弥远是一个重要人物，但在关键时刻还是杨皇后决策，"矫诏"出自她的手。杨皇后是一个能力很强的女人，而史弥远的胆子小，如果没有杨皇后的支持，他是不敢这样做的。

高墙起，红颜锁，后宫何处有安宁？

牵一发，动全身，波澜自是前朝起。

在错综复杂的历史舞台上，杨桂枝施展智谋，在政治旋涡中巧妙地周旋。这对一个女子来说，确实是一件不易之事，足以见证了"巾帼不让须眉"的精神气概。

这真是：

> 长歌当哭心犹壮，秋绪何堪味愈甘。
>
> 忧天偏爱兴旧事，许国深惭古今谈。
>
> 鹿能称马齐心讨，女可胜男合力担。
>
> 五更梦想情难尽，百战人酣思不堪。

第十二章
皇后娘家出香茗　宁宗品尝上了瘾

自古香茗出深山，好山好水出好茶。杨皇后的娘家——里商乡，是浙江省淳安县有名的茶叶之乡，素有"百里茶乡，万里茶海"之美誉。茶叶是里商乡的支柱产业，销售茶叶是当地农民的主要经济来源，销售茶叶收入占到全年收入的一半以上。里商乡茶叶种植面积、产量、产值都位居全县前列，是当之无愧的秀水名茶之乡。里商茶叶有早、美、全、实惠的四大优势。

一、文茗里商好茶叶，饮茶健身好心情

文茗里商，正是宋宁宗皇后杨桂枝的娘家。

淳安县里商乡自然环境优越。这里，山峦叠翠，林木繁茂，水域面广，物产丰富。茶树种植于林木间的山坡上，茶树在这种温和湿润云雾多的环境中，光合作用效率高，生长物质积累多，茶树体内酶活性强，尤其是氮代谢旺盛，有利于氨基酸和某些芳香物质的形成与积累。因此，这里的茶树芽叶肥厚柔嫩，香气高，滋味鲜醇。同时由于云雾多，茶树接受到的光强和光质都有所改变，光强减弱，漫射光多，阻断了部分紫外

线的照射，蓝色和黄色光比例增大，使氨基酸向茶色素的转换部分受阻，有利于氨基酸的积累，调整了茶多酚和氨基酸的比例，使酚氨比更合适，滋味的鲜爽度更高。宽广的千岛湖和茂密的森林植被，形成了春暖夏凉的气候特点春茶季节气候温暖湿润，有利于茶芽的萌发生长，叶质肥厚品质好；夏茶季节气候凉爽，调节了茶树的碳氨比，抑制了茶多酚的过多积累，促进了氨基酸的形成，使得茶叶滋味浓而不苦，鲜醇爽口。

向宫廷进贡茶叶，也是一件重要之事。杨皇后给宁宗赵扩讲了个"贡茶得官"的故事。故事说的是北宋徽宗时期，宫廷里有个叫郑可简的人制作了一种以"银丝水芽"制成的"方寸新"茶献给皇上，郑可简因此而受到皇帝的宠幸，官升至福建路转运使。后来，郑可简又发现了一种叫作"朱茶"的茶叶，郑可简将"朱茶"拿来，让儿子去进贡。果然，他的儿子也因贡茶有功而得到官职。

《神农本草经》记载的神农采药尝百草的故事，是一则著名的中国古代神话传说。传说神农看到人们得病，到都广之野登建木、上天帝花园取瑶草而遇天帝赠神鞭，神农拿着这根神鞭从都广之野走一路、鞭一路回到了烈山。神农尝百草多次中毒，都多亏了茶解毒。他誓言要尝遍所有的草，最后因尝断肠草而逝世。

人们长期的饮用实践证明，饮茶不仅能获得营养，而且能预防疾病。"示病维摩元不病，在家灵运已忘家。何须魏帝一丸药，且尽卢仝七碗茶。"此诗之意思是，高僧维摩生病了，维摩长者即知文殊与佛弟子将来，于是运用神力将室内搬空，变得一无所有，只自己睡在一床上。文殊菩萨入室，即向维摩长者问病。谢灵运已是在俗之人到处遨游，哪里需要魏帝的长生不老药，只需要唐卢诗中的七盏浓茶即可。《游诸佛舍一日饮酽茶七盏戏书勤师壁》也提到了茶的重要医疗作用。比如，茶有消食下气作用。清醒肉之食，解青稞之热；还能治食胀、降逆、止嗳呃、通大小便。饮茶能清心神，破闷除烦、清神益智。饭后饮之可解肥腻、去油腻、除腥膻，茶能兴奋提神。人们在生活或工作上感到疲乏时，喝上一杯热茶，即可精神振奋。

饮茶与养生保健密不可分。现在，科学研究的许多成果都证明，饮用绿茶更有益于人体健康。绿茶中含有的营养成分，可以降低血压和胆固醇，有稳定血糖含量，延缓衰老，杀灭牙龋细菌，阻断致病物质的作用，绿茶甚至能抑制癌细胞的生长。

里商乡鱼泉村村歌《碧水茶泉是故乡》这样唱道：

巍巍群山萦绕着鱼泉，
陪你走过峥嵘八百年。
遥想世祖，商松定乾坤，
江商代代传生生繁衍，
那是魂牵梦绕的鱼泉。
福人福地坐落皇后坪，
人杰地灵、碧水茶园，
愿为你写下最美诗篇。

最爱你那沃野的良田，
定格梦中，清甜的茶香，
皇后故里，凤鸟盘旋；

多少传说回荡耳畔，
那是勤劳淳朴的鱼泉。
荷花形的传说教育后人，
鲜美的米羹，丰收的喜庆，
是那心中最深的眷恋。

　　1966 年，该村率先打破传统的制茶模式，派 8 个女村民赴杭州梅家坞学习龙井茶的炒制技艺。回村后在村里办起了制茶培训班。一年后，鱼泉村家家都有炒制千岛玉叶茶的能手，同时，在县农办的牵头下，举办了多期制作千岛玉叶学习班，结束了制炒青茶的历史，使茶叶的经济效益成倍增长。2009 年，该村的"商辂坊"品牌茶，在上海茶叶博览会上荣获一等奖。茶叶是鱼泉村的重要经济作物，鱼泉村现有茶园 1500 余亩，鱼泉村人民为全县茶叶产业的发展带了个好头，年产茶叶产值达 600 余万元。如今的鱼泉村人，城里有房、路上有车、手里有钱，全村人均茶叶收入就达万元，成了名副其实的小康村。

鱼泉村考坑自然村　江涌贵/摄

二、献上娘家青山绿，夫妻沐浴品甘霖

说起来，杨桂枝与宁宗皇帝赵扩这对夫妻也是恩爱有加。杨桂枝虽然出生在山区乡下，又比赵扩大6岁，但一直在宫廷里长大，更不用说她还是个多才多艺，楚楚动人的美女。赵扩也一表人才，知书达理。从后来赵扩册封杨桂枝为皇后的事实看，皇上也是真心实意地深深爱着杨桂枝的。

宁宗皇帝赵扩的身体并不是很强壮。平日里，宁宗宫中有两位小太监经常背着两扇小屏风做宁宗的前导，无论到什么地方，把屏风面对皇上。屏风上写着戒条："少饮酒，怕吐；少食生冷，怕痛。"把两件注意事项被写在两扇屏风上，屏风用白纸做底，边上糊着青纸。每当有大臣劝酒，或劝食生冷的时候，宁宗便会指指屏风，以示拒绝。一次，宁宗到后院游玩，有人劝宁宗喝酒，吃生冷食物，他就指着屏风上戒条给对方看，大臣们也就不敢劝了。平时宁宗也自我控制，每次喝酒都不超过三杯。

茶是中华民族的举国之饮。发于神农，闻于鲁周公，兴于唐朝，盛于宋代。中国茶文化糅合了中国儒、道、佛诸派思想，是中华文化中的一朵奇葩，芬芳而甘醇。杨桂枝与赵扩结婚后，知道他肠胃不好，吃了生冷食品，胃就痛，也不能过多喝酒。杨桂枝就对赵扩说："喝茶对身体有好处，平时就喝茶，不喝或少喝酒吧。我娘家茶叶可好啦，听说有种高山茶，有健胃功能，你愿意的话就叫娘家寄些来。"

说起里商茶，在当今淳安县内也是很有名的。传说，鱼泉村考坑自然村后那片高出又平整的土地，是杨桂枝小时候居住

鱼泉村考坑自然村（左上方传说是杨次山后代的居住地）　江涌贵/摄

的地方，现在成为一片碧绿欲滴的茶园了。里商茶取自海拔800米以上无人居住的高山，饮用时用千岛湖的水冲泡茶叶，更是锦上添花。此茶，以色绿、形美、养颜、保健四绝著称于世。

　　为了宣传喝茶的好处，杨桂枝还给赵扩讲了个岳飞用茶治病的故事。传说南宋抗金名将岳飞，奉朝廷之命带兵南下与杨幺领导的农民军作战。进入江南后，很多士兵出现水土不服的症状。岳飞将当地盛产的茶叶和芝麻、生姜、黄豆一起熬煮，让下属饮用，果然治好了军中的恶疾。此茶被称为姜盐茶。从那以后，此茶很快就在附近百姓中间流传开来。

　　从北宋到南宋，全国制茶工艺日渐精进，品茗、斗茗之风日盛；饮茶方法推陈出新；茶令、茶宴成为社会新风尚。虽说宋朝时淳安罢贡，但仍是重要名茶产地，而且茶叶制作精细，质量佳优。宋朝，淳安几乎每个乡村的山坡上，都茶团锦簇、翠拥云岗。采茶季节，"春箬间耕雨，红裙斗采茶""春山二三月，红粉半茶人"。茶区呈现竞唱山歌来采茶的热闹场面。南宋邑人探花、大理寺卿何梦桂《洞仙歌·答何君元寿祠》云："生涯事，惟有炉烟茶灶。"南宋邑人举人卢珏《天边风露楼》诗云："百尺书楼见自怡，笔床茶具时相随。"说明无论是北宋还是南宋，淳安到处是茶叶飘香，"地炉茶鼎煮新浆"。

宋代兴起制作一种叫龙凤团的茶，所有进贡的茶叶都碾碎之后，揉制成大小不同的团状，定名为"龙凤团"。到了明朝初年，各地向朝廷进贡茶叶还是这种龙凤团茶。朱元璋认为，这种做法浪费百姓的劳力，才下令禁止制作龙凤团茶，改为直接进献芽茶。芽茶分为四等，依次为：采春、先春、次春、紫笋。此为后话。

宋朝生产的龙凤团茶，其品绝精，即使是朝廷重要官员有金子也不可得，只有在朝廷举办大型的祭祀典礼，并且中书、枢密院等朝中大臣，也只能四位官员共享一饼团茶。而其他宫中侍人，只能把所赐的团茶做观赏摆设而已。因此，在宋朝里商一带制作的龙凤团茶，成为一种十分珍贵的茶类。

夜深人静。宁宗赵扩听杨桂枝如此这般地一说，也认为饮茶是件好事，于是说："那就让你娘家寄一些，让我品一品吧。"

喝茶，不但能养生，而且形成了内涵丰富的茶文化。传说，一天，苏东坡到一个寺院里去，寺院的住持见来客衣着普通，仅说了一句："坐。"招呼侍者："茶。"然后，和尚见此位来客举止不凡，又道："请坐！"吩咐侍者："敬茶！"当得知客人竟是大名鼎鼎的苏东坡后，和尚满脸笑容，请客人："请上坐！"连呼侍者："敬香茶。"当和尚请他写一对联时，苏东坡挥就一联：

坐，请坐，请上坐；
茶，敬茶，敬香茶。

三、一杯玉露开颜笑，宁宗喜作醉芳心

喝茶的好处得到赵扩的认可，杨桂枝很是高兴，说干就干，提笔给娘家写了封信。第二天，她就把信给娘家寄去。

里商娘家得知皇上要喝家乡的茶叶这一消息后，一传十、十传百，一下就传遍了全村、全乡，十里八乡都传得沸沸扬扬。杨桂枝娘家更是人人都高兴得跳了起来，欢声雀跃。娘家赶快到县城购买当时最好的、最流行的名茶——龙凤团茶，再加上村上自制的绿茶，一并寄给皇宫里的杨桂枝。

杨桂枝收到娘家的茶叶，立马给皇上赵扩泡上一杯。宁宗赵扩手捧茶杯，轻轻地呷了一口，果然茶香四溢，沁人心脾，连声说："好茶，好茶。"皇帝想了想，嗔怪地对桂枝说："你娘家有这等好茶，怎不早说，早让朕品？"

杨桂枝说："这是家乡的土茶，我怎敢轻易给你弄来喝？不是怕你反对嘛！这不，我是为了你的身体健康，才让家里寄点儿来让你品一品，试试看的，如果你感觉好，又喜欢饮用茶叶，我就叫家里年年都寄些来好了。我娘家虽然条件差，但茶叶还是很多的，且茶质又好，够你喝的了。"

"此茶叫什么名称？"宁宗问。

"这一种茶，是正流行的龙凤团茶。这一种呢，我们那儿叫苦丁茶。不过苦丁茶不苦，反而对胃有好处，如果吃坏了腹

泻，喝上一两杯就止住了。刚才给你饮用的这种茶呢，没名字，娘家普遍叫绿茶，没有正规名称，你给它取一个呗。"

"就叫桂枝茶吧，是你娘家的茶，以你的名字做茶名不是很好吗？"

"那不行！"杨桂枝用食指轻轻地点了下赵扩的额头："怎能以我的名字来当茶名呢？"

"哈，朕的话都不听。"赵扩说着，一把把桂枝拥进怀里。

杨桂枝甜甜地笑着。

接着，杨桂枝又讲了宋代著名的女词人李清照与丈夫赵明诚常以茶助兴，共同学习的故事。据说两人每获一书，就一起烹茶研读。两人经常互相出题，谁答对了，就先喝茶。一杯清茶，成了他们辛勤为学的见证，也平添了一段清奇的风韵。从那以后，杨桂枝和宁宗皇帝赵经常在一起品茶、一起练书法，

鱼泉村皇后坪茶园　江涌贵/摄

也为生活增添了新的韵味。

夜深了，一对夫妻还沉浸在饮茶之喜中。

兴奋之余，杨桂枝还给赵扩讲了不少茶的故事。

宁宗高兴极了，对爱妻杨桂枝说了声："还不给朕倒茶来！"

"好啦，来了，皇上请！"桂枝拿起茶壶轻轻地给他续上茶水。

这真是：

夫妻同饮娘家茶，风韵清奇心情佳。

香茗传至皇宫里，健身治病皇帝夸。

沏完七碟骚肠润，饮罢三盅词藻华。

液欲清风仙过境，一壶碧乳誉天涯。

第十三章
机警应对盘中局　楚河汉界好下棋

审时度势，机警应对立皇子；

平稳交接，安国平乱做贡献。

宁宗即位之初，大臣黄裳和朱熹都曾向皇帝建言："政出中书，万事坐理，此正得人君好要之道。"这是在提醒宁宗防范出现一人独断、群臣共默的局面。从后期宁宗的表现看，宁宗大体上接受了士大夫的建议，加上宁宗本人理政能力不足，皇帝亲揽权纲，一人独断现象似乎没有出现。然而，这却导致了韩侂胄这样的权相独断专擅之弊。皇权弱则相权强，这种局面并没有因为韩侂胄之死而有多大的改变。

一、太子身边安亲信，探得实情施计谋

韩侂胄被处死，丞相空缺。空缺的位置总得有人去替补，何况是丞相这么重要之位？

因倒韩有功的史弥远受到杨皇后的支持，几月之内连升四级。嘉定元年（1208）十月，史弥远在恰当的时机、恰当的背景下，从刑部侍郎一跃而为右丞相兼枢密使。史弥远很快控制了朝政大权，从此，开启了他长达 17 年之久的专权。遭韩

侂胄迫害的人一律平反昭雪，可谓"一侂胄死，一侂胄生"，其中的一个标志性事件，便是敢于擅易太子。

宋宁宗先后有9个儿子，但是都在未成年时就夭折了，因此，他不得不从宗室子弟中另寻储嗣。庆元四年（1198），选太祖后裔燕懿王德昭九世孙，6岁的赵与愿养在宫里，赐名日严。嘉泰二年（1202）封卫国公。赵日严13岁时被立为皇子，封为荣王。次年立为皇太子，更名怊，后又改名为询。但赵询于嘉定十三年（1220）八月病死，时年29岁，谥景献，与庄太子一起葬在杭州太子湾。这就是如今杭州西湖太子湾公园地名的由来。

景献太子赵询薨逝后的第二年（1221）六月，宋宁宗以国嗣未定为由，又立宗室之子赵贵和为皇子，贵和改名为竑，授宁武军节度使，封祁国公。次年又加检校少保，封济国公。赵竑成年，正是丞相史弥远权势灼人之时。赵竑对杨皇后与史弥远内外勾结表现出不满，尤其对史弥远专权擅政的所作所为大有看法，曾书"史弥远当决配八千里"。

史弥远也不是吃素的。他也知道赵竑对他的态度，不但早有提防，而且早有预谋把他废掉。史弥远知道赵竑平日喜欢弹琴，表面上投其所好，特地选送了一个擅长弹琴且容貌姣好的少女给他，而此女正是史弥远派去监视赵竑的。赵竑对身边善于弹琴的少女浑然不觉，不知此人竟是史弥远安插在自己身边的耳目，反视她为红颜知己。因而，自己的所作所为都不回避她，有什么心里话也都对她诉说，从不注意场合和分寸。史弥远暗中派出窥伺济国公言行的眼线暗暗地记下赵竑的言行，悄悄地给主子报信。

一次，赵竑指着琼州、崖州的地图对史弥远安插在他身边的美女得意扬扬地说："这是最南边的琼州、崖州，日后我若得志，一定要将史弥远流放到这些地方去。"赵竑还给史弥远起了一个外号，新恩。美女不解"新恩"是何意？赵竑愤愤地说："就是新州和恩州。"意思是要把史弥远贬谪到这两个地方去。（新州指广东南路，即现在广东的新兴一带；恩州是今广东的恩平一带，常为古代官员贬谪之所。）又常言："弥远当决配八千里。"

果不其然，这一切都被监视赵竑的美女看在眼里，她及时报告给了史弥远。

史弥远接到美女的密报后，非常恐惧，惶惶不可终日，遂生异志。当然，史弥远也不是等闲之辈！他想，太子这样看待自己，日后自己还能有好果子吃吗？于是，身居相位的史弥远一面让美女继续监视太子，一面思虑应采取什么对策，如何处置太子。他处心积虑地要废掉赵竑，暗中培养宗室子弟邵州防御使，宋太祖十世孙赵昀为太子，欲扶持赵昀登基，以取代赵竑。

一场擅换太子的阴谋，正在悄然无息地酝酿。

二、帝星陨落宫廷急，风口浪尖过天河

史弥远听了亲信的汇报以后心想，今后要是赵竑当上了皇帝，自己就没有好日子过了。于是，他除了暗中紧锣密鼓地筹划废掉赵竑，替换太子外，还开始罗织赵竑的坏处，经常在皇帝面前告状，向皇帝诉说赵竑的坏处。

嘉定十七年（1224）八月，宁宗病重，史弥远假借探望之机，历数皇子赵竑之过，说他玩物丧志，不堪重托。又与宁

宗说，沂王嗣子有个叫贵诚的，今年 19 岁，凝重端庄，品学醇厚，言谈得体，绝非凡品，意思是让宁宗易储。宁宗昏昏沉沉地看着史弥远，未置可否。

史弥远见此光景，心中顿时凉了半截，退归宅邸，立马遣人到沂王府，找到贵诚转达易储意。来人对他说："此乃丞相之意，今日推心置腹的话相告，望能明示，好去回复丞相。"

贵诚初闻易储事惊诧不已，旋即镇定下来，拱手道："烦请转告丞相，兹事体大，须待禀告绍兴老母。"贵诚果然言谈得体，既不答应也不拒绝，而是留有回旋余地。史弥远得到这个回复，心里便有了底，觉得自己没有看错人，这分明是默许，既然这样还等什么呢？他立即入宫来见宁宗。

太医们神情肃穆，一片忙碌，他觉得气氛不对，内侍也慌乱，有些语无伦次，说皇上病重，已经不能说话了。

事不宜迟，史弥远从福宁殿退归，心里已然有了决定，富贵险中求，拍案定乾坤。不能错失眼前这个良机，他假传圣旨诏立贵诚为皇太子，赐名昀，授武泰军节度使，封成国公。

不出旬日，宁宗帝驾崩，帝星陨落。

宁宗皇帝驾崩，朝中大乱，这一夜是个不眠之夜。

史弥远即以迅雷不及掩耳之势，开始了他的废立阴谋。万事俱备，只欠东风。谁来继承皇位，要取决于杨皇后的态度，没有她的同意，新立的皇帝就得不到承认。历史又一次把杨皇后推到了风口浪尖之上。于是，史弥远串通禁军，逼迫杨桂枝同意废竑，册昀为帝。

明争暗斗施手腕，不动声色搞阴谋。

三、机警应对立皇子，扶持赵昀歌江山

皇帝驾崩时，史弥远正忙于矫诏立贵诚为皇太子之事，忙得团团转。

戌时，天地昏黄，万物朦胧。右丞相府史弥远焦躁不安，像热锅上的蚂蚁，在屋里来回地走动着。他想，自己假传圣旨，废了济王赵竑，立赵昀为太子，此事皇后并不知晓，若得不到杨皇后的允诺和首肯，那是万万行不通的，弄不好自己将死无葬身之地。今日之事，如之奈何？

情急之下，他想到了一个人，那便是国舅杨次山，也只有他的话，皇后会听。一会儿顾自摇摇头，自言自语地说："可惜故去六年多了。咦，何不让他两个儿子出面呢？"史弥远灵光一现，连忙遣人去请皇后的两个侄儿杨谷和杨石。

杨谷、杨石先后乘舆来到右丞相府，史弥远上去迎着，来不及寒暄，将前因后果大略告知，也顾不得什么丞相脸面，近乎哀求道："两位贤侄，此去面见皇后娘娘，务必将废立之事讲清楚，讨得皇后一个允准的口信，弥远拜谢了。"

亥时，定昏。夜定人不定。

杨谷、杨石忙扶起史弥远，口里应着，拱手别去。

杨桂枝接到侄儿送来的史弥远的奏折后，先是一惊，转而明白了史弥远的险恶用心。她想，不能让史弥远的阴谋得逞，自己不能背负夺位的罪名，必须要拿出皇后的威严，杀一杀史弥远的威风，让他日后尊重皇后，忌惮皇后，不能为所欲为。于是，便以废立之事有违家法而不同意。

史弥远听后，急得团团转，但又别无他法，只能一遍遍地

让杨谷、杨石去劝说杨皇后。

再说，皇帝驾崩后，杨桂枝对立谁为太子也有思考。她知道原先是计划立赵竑为皇太子的，一般是不好改的。她又获悉史弥远对此另有图谋。杨皇后知道赵竑这个人有野心、不宜重用，况且他一直对她不好。接到史弥远的奏折后，杨桂枝也焦急万分。她快速地思考着：一定要有个既不能让史弥远的阴谋得逞，又借用史弥远之计划来实现自己的目的的两全其美的良策。

子时，夜深。杨皇后得报杨谷、杨石求见，让侄儿快快进来。听后，对侄儿说："太子是先帝所立，怎么能擅自变更？去，告诉他不可！"

史弥远闻报，但觉后背发凉，冷汗直淌。他定一定神，直觉告诉他皇后并不喜欢赵竑，平日言谈举止也有点儿讨厌太子的做派。嗯，皇后迟早会松口。他转而向杨谷、杨石一揖到底，道："此事急迫，还有几个时辰新君就要登大宝了，劳驾两位贤侄，急速禀明娘娘，拜托，拜托！"

杨谷、杨石走后，杨皇后睡意全无，她在想史弥远的用意。自从韩侂胄死后，史弥远把持朝政，权倾朝野，现在竟敢擅自废立太子，今夜摆明了是在试探本宫态度，如若放任下去，他岂能把本宫放在眼里？是该杀一杀他的威风，再熬他一熬。

丑时，鸡鸣。这一夜，从皇宫到丞相府，杨谷、杨石来来回回地跑来跑去，全身衣服都湿透了。他们不知是热的还是累的，只记得这已经是第六趟来回了，杨皇后始终不肯答应。此刻，又灰头土脸地返回丞相府，苦不堪言道："罢了，罢了。娘娘终究不肯松口，丞相还是另请高明吧。"

史弥远听罢，浑身瘫软，一屁股坐在地上，泣声道："贤侄再去求娘娘，天明，新君即将登位，怕来不及了。"

这一夜，史弥远被折磨得几乎虚脱，他算是彻底被太后收服了。这个女人让他刻骨铭心，终生难忘，至此方才领教了杨皇后的厉害。他起身拉着杨谷、杨石的手，绝望地乞求道："快去告诉娘娘，弥远的命都在娘娘手里攥着哩！"

寅时，平旦。杨皇后在后宫坐等，她了解史弥远，也知道杨谷、杨石还会再来，更明白其中的利害关系。如果此事处理不好，便将酿成一场宫廷流血事件，届时将震动朝野，局面再无法挽回。她正思虑间，近侍来报："杨谷、杨石求见。"杨皇后道："请进。"

这次是杨谷、杨石第七次进内廷了。杨谷、杨石泣拜说："内外军民，皆已归心，苟不立之，祸变必生，则杨氏无噍类矣。"杨皇后听后，沉思良久。她想，事情不能弄到无可挽回的地步，宫廷不能因废立太子而流血。再者，这一夜也磨掉了史弥远的锐气，何况皇子赵竑对她也颇有怨言，自己对赵竑也无好感。为自己日后考虑，也为家族考虑，她决定打破僵局，做出让步。杨皇后沉吟再三，深思熟虑，慢吞吞地说："你们要立的那个人在哪里？"长久的犹豫过后，她收回了对赵竑的垂怜。

"已在宫外候着。"杨谷、杨石据实相禀。

史弥远听到消息后，不由得长舒了一口气，此夜他已被皇后折磨得筋疲力尽，深深领教了杨皇后的厉害，便火速宣召赵昀觐见杨皇后。赵昀入宫拜见杨皇后，杨皇后拍拍他的后背说"今天起，你就是我儿了！"杨皇后这一句话，等于承认了赵昀是帝位的合法继承者，也是对赵昀暗示：真正决定皇位的不是史弥远，而是她杨皇后。杨皇后有理有节的手腕与机警的应对措施，终于化解了南宋朝廷的一场政治危机。

那一夜的月色大抵是如她笔下的"长空月浸星河影，鹦鹉惊寒频唤人"，冰凉蚀骨，不堪回顾。赵昀吃了颗定心丸。皇后认了他这个儿子，自己继承皇位合理合法，无须担心大臣们的悠悠众口。

杨皇后即命史弥远引赵昀至宁宗的灵柩前，以太子身份举哀致奠，待吉时登基。殿上烛炬齐明，百官鱼贯而入，排班而列，命昀嗣位，传宣官即位诏，百官齐声拜贺。礼毕，又有遗诏颁出，授皇子竑开府仪同三司，进封济阳郡王，判宁国府，尊杨后为皇太后，垂帘听政。

赵昀稳稳地坐了江山，改第二年为宝庆元年，庙号为理宗。

史弥远面对如此结果，不由长舒了一口气。

四、将计就计换位置，井然有序惠风和

丞相的史弥远坚持废太子改立赵昀为帝，杨桂枝考虑社稷安危，将计就计，顺水推舟地承认赵昀。

宋理宗赵昀，原赐名贵诚，是太祖十世孙，生于1205年。

宁宗弥留之际，史弥远假称皇帝诏命，将贵诚召入宫中，当即宣布立他为皇子，并改名赵昀，封为国公。史弥远一举一动都被杨皇后掌握，杨皇后没有说破，而是装着不知道，她处在左右为难之中。一方面，立赵竑为太子是皇帝定的，如果改换太子，又有违背族规之嫌。另一方面，贵和即赵竑，不但憎恨史弥远，对史弥远出言不慎，而且对杨皇后也有不恭敬的言

行，她觉得赵竑太狂妄，目中无人，缺乏良好的思想品德，打心眼里也不同意赵竑为太子。此时，史弥远精心策划，一心要改立太子，将贵和（赵竑）改换成贵诚（赵昀），但又必须征得杨皇后的批准。在这关键时刻，她左思右想，何不来个将计就计，随机应变？而且要让赵昀和史弥远心知肚明，改立赵昀为太子是我杨皇后，而不是你史弥远。于是，她策划了一个晚上让史弥远七次派侄儿杨谷、杨石到后宫向她请求恩准的戏。直到第七次，杨皇后才让赵昀走进后宫，把赵昀拉到跟前，轻轻拍着赵昀的后背说："今天起，你就是我的儿了。"并叫史弥远领赵昀入宫行祭礼后，登上御座当上皇帝。

杨皇后这是一语双关的暗示，她告诉赵昀，立你为皇子是我恩准的；告诉史弥远，批准改立赵昀为皇子是我而不是你史弥远！往后不要太狂妄了。

宣布遗诏完毕，仪礼官高声呼喊，百官朝贺。赵竑明白他已被人出卖，愤愤不平，不肯下拜。不久，史弥远又劝理宗追夺了他的王爵，将竑废黜，降为济王，出居湖州。不久，派人将赵竑赐死。

韩侂胄死后，史弥远掌握实权，恢复了秦桧的申王爵位及忠献谥号，积极奉行降金乞和政策。九月签订宋金协议，史称嘉定和议，由金家叔侄之国改为伯侄之国，岁币由 20 万增为 30 万；另加"犒军银"300 万两，这是以往和议中从来没有过的。

史弥远独掌朝政九年，直到 1233 年 10 月病死，理宗才正式亲政。理宗亲政后，将史弥远的党羽统统贬出朝廷。

杨皇后以有理有节的机警应对措施，顺利地化解了南宋朝廷的一场政治危机。她毅然决然地与众大臣一道废除原定的皇位继承人赵竑，立聪明仁义的赵昀为帝。赵昀就是后来的理宗皇帝。

　　这真是：

　　　　百年心迹谋福祉，半世功名为苍生。

　　　　峥嵘岁月千秋业，坎坷生涯万古程。

　　　　高峰猿啸惊山势，绝壑舟行恋水声。

　　　　莺歌无意千峰秀，雁阵有声一江明。

第十四章
家教严明延后代　知书达理德彰显

　　一个人的品行，与一个家庭的家风、家教是密切相关的。家风是一个家族在繁衍生息的过程中，慢慢沉淀积累下来的，并且代代因袭延续下去，体现整个家族精神风貌、道德品质、审美格调和整体气质的文化风格。勤俭，治家之本。和顺，齐家之本。谨慎，保家之本。诗书，起家之本。忠孝，传家之本。历代大凡兴旺发达的家族，都在或多或少地践行这些规矩。

一、杨氏家规二十则，良好家风世代传

　　在《宏农杨氏宗谱》上，记载着杨氏家规二十条。杨桂枝的爷爷杨宇是淳安杨氏的始祖，这些家规应该是从她爷爷手上一代一代传下来并不断补充、完整的。现转录于下：

　　第一，存心制行

　　夫人立朝居乡，见于事为者，曰行。溯其由来，必自立心始。心体光明，行事自然端伟。心体暗昧，行事必然邪辟。此如桴鼓相应，丝毫不爽者也。故人首重存心，制行亦宜相符合。凡我后嗣，须夙夜检省，不可使一毫恶念。潜滋于中，不

可使一毫行。见之于事，诸如贪淫狠妒一切，有愧衾影之心。纵恣非妄一切，有千宪令之行。皆宜猛力，划除内外如一。天地鬼神自然呵护，尚慎旃哉，元忘兹训。

第二，忠贞孝顺

《诗》曰：率土之滨，莫非王臣。益以践土食毛，世受君恩。皆为臣子，故在草莽，则以急公好义，为忠至若。析圭担爵，致身通显。尤宜靖共尔位。遇升平，则为国为民黼黻，皇猷值蹇难，则捐躯沥胆，维挽阽危。切不可旷官尸素，私而忘公。若夫怙恃之亲，则身所自出，鞠育劬劳，恩深周极，可不思所以孝之乎？人能扬名显亲上也。苟或不能而左右，就养昏定晨，省又人夕所宣力者。然须有一段恭肃之心，和愉之色，才为真孝。非然而徒以甘肯从事，则与豢养异类何此？孔圣所以不敬诚言，游而以色难示卜子也，乃世更有吝于甘肯者，尚可言哉。此为子者，所宜诚也。

第三，友于唱随

吾人自父母而外，最亲者莫如兄弟。《诗》曰：兄弟阋于墙，外御其侮。每有良朋况也永叹，言人即不幸，而兄弟相间，一遇外侮，毕竟兄弟相顾。朋友虽好，不过叹息而已，谁来顾尔此即？谚云：打虎无过亲兄弟，急难何曾见一人之意。故兄弟之间，须兄爱其弟，弟敬其兄，怡临和悦。不可因小利而惨伤，不可听妇言而乖忤。至于夫妇，乃人伦之本。宜夫唱妇随，如邻缺之，相敬如宾，伯鸾之。举案齐眉，始得不然。而琴瑟失调，时时反目者，固非苟或。妇子嘻匕，夫纲不振，以致狮吼贻讥，牝鸡司晨，则大不可矣。

第四，尊师取友

吾人一身亲生之，君成之，师教之。此在三之节，不可不敦者也。故人于受业师长，礼文最宜恭肃供奉，最宜丰厚。即或远离绛帐，久不及门。亦须时勤问候，勿为秦越之视。若夫朋友，乃吾身进德考业所由，资亦为紧要。是以丽泽著于易象神听，见于诗歌诚重之，也必择学邃行高者，始可结契。无以杯斝为声气，无以侠游订金兰。则善矣。至于寻常因依，尤必谨厚正大之人，与为聚处。切不可失身比匪，狎昵淫朋，以致后悔。

第五，敬崇神祇

天神地祇，日月风雷，吾侪休其覆裁生成者也，极宜虔恭勿亵他。若前代帝王圣贤之像，忠臣烈士之灵，以至当界土谷之司，俱祭复拜祈，但不可涉于亵渎。宣圣云：非其鬼而祭之谄也。又曰：敬鬼神而远之，此事神之令则也。至于淫祀非望邪说惑众者，君子当以义断，慎勿从焉。其有尊信无为等教者，陷于左道有干法律，众宜反之。

第六，追远报本

人之有祖，如木之有本，水之有源，不可不重者也。然报之则惟特祭享一节，故每岁禴祀之际，将献必时。备物必丰，存心必敬，为礼必肃。直以我之精神交接乎？祖之精神斯一气贯输，无负祖宗生我之德矣。他如生辰忌旦，时馐荐新，亦必虔恭合礼，切不可视为故套，而跛倚以临。若祠宇为祖灵所栖，稍有倾漏，尤宜及时修葺。盖亡者安，则存者自盛，万勿玩忽同，踵鲁文之贻议屋坏。

第七，送终卜葬

昔贤云：养生不足以当大事，惟送死可以当大事。盖以父母在日，奉养或缺，犹可追悔补缀。至于亲终之时，苟或不谨，即贻终天之憾。故为人子者，生事爱敬，固宜加勉。至于送死，尤当必诚必信。凡衣衾棺椁之类，可以办置者，悉宜尽心豫备。临时更加检点，庶稍尽子心。若夫兆城之选，虽宜从俗，然不以奉先为意，而专以利后为图。或至历久不葬，又非孝亲之道。惟当遵伊川相地，五事行之，不必过为觊福。又追远一事，不过借以申人子之情，乖不过信浮屠，反似戏谑。孔圣云：丧与其易也，宁戚人当佩服。

第八，男婚女嫁

夫妇为人伦之本，上以承宗祧于有永，下以衍本支于无穷，人道始终之大关也。故向子以男婚女嫁鸣其愿，遂诚有以夫，然须要秦晋之匹敌者为之。其于男之问名也，必审其父母之家教何如。女之许字也，当观其世代之忠厚何如。然后凭媒妁以成礼，斯为善后，无悔之道。切勿利重查而妄娶，希厚产而轻嫁。并指腹割襟，及在襁褓时，即率尔戏拜，以致夫妇道苦淫僻罪多，此至戒也。至于纳采遣嫁，尤宜称家有无，不得虚内事外。

第九，教训子孙

《语》云：莫为之后虽盛勿传。益人家无贤达子孙，即富贵勋业，宸罐一世，犹如一场春梦。顾人之贤达，岂尽生而克肖，多由教诲所致。故易有发蒙之训，周公有抗世子之法。贵教之豫也。凡我后裔有子若孙，须及小规诚，俾其存心端直，制行淳良。勿使狎昵匪类，勿使习染愠淫。宁怯懦，勿凶悍。而先人宁木讷，而浑厚。勿尚口而狭险，必悃悃信实可留余庆于奕世，斯为毛宗之子。此传家之要务也。至于生女亦须教，以内则无父母，贻雁斯大族也。各宜勉之。

第十，勤勉节俭

昔柳玭曰：高侍郎兄弟三人，俱居清列。非会客不二羹截，夕食核卜匏而已，言其俭也。陶侃为广州刺史，朝夕辄运百辟不敢优逸，致其勤也。古人何莛是兢讧与良，从俭勤为创垂之本。昔帝王尚茅茨宵旰。以治天下，况庸流之有家者乎？故人之一生，必寻畴问业，无游手好闲，必粗衣粝食，无吮膏曳绮，庶可免饥寒之累。苟或不然，惰则废业，侈则伤财。冻馁继至，噬脐无及。戒之戒之。

第十一，督耕课读

《语》曰：要好儿孙在读书，非定以此博高官厚禄也。盖人具五官而目不识丁，与牛马襟裾何异？故子嗣之聪俊者，宜授以经史，俾其知古圣之义理，识屡代之兴亡。则傲先哲惩鉴奸邪，此贻谋之合矩也。幸而策名立朝，亦可光耀祖宗。即不幸而穷约终身亦不失为守道名儒。读之于人宁无益乎？其余秉姿钝鲁者，使之知书数而外，莫如课之农桑。益终岁勤动，能获担石之储，一缣之绩，亦可仰事俯畜。不致高堂冻馁，子妇啼号。本务之重，莫过于此。更且吾族僻处山陬硗地，颇多能于耕耘之暇。旁及栽植则果实之利。上可以供国课梓材之良。下可以应朴断。《语》云：十年之计在树木，此之谓也。他若习艺，则人或轻之。经商则险涉风涛，运数不齐，所误不浅。古人鄙之曰：逐末良有为也，明哲者其知之。

第十二，谨闲闺门

昔公父文伯之母，季康子之从叔祖母也。康子往见阃门而与之言，皆不逾阈。孔子称之以为善。男女之别，盖以妇道，宜深处闺阁。无事招摇外见，迩来风俗不古。人家内眷或登山拜佛，或挈伴游春，其行踪体态，为轻薄子听识嘲者。多端有家室者，须正身率化教之。藏身壸帏，以绩纴为业，以中馈为职。非喜庆送死，不得辙逾户外。即在内亦宜别嫌明微，虽五尺之童，非呼唤不许擅入，斯正家人远之道，宜谨遵之。

第十三，无听妇言

尝读《左氏传》云：谋及妇人，宜其败也。及阅《毛诗》又曰：妇有长舌维厉之阶，诚以床笫蓁菲。每足败人之国，毁人之家，伤人之伦，其为最烈。昔夏以妹喜商以妲己亡，周以褒姒，有天下者且然况吾济乎？故张公艺以不听妇言，而九世同居。田氏兄弟以惑于内言，而庭花枯萎。劝诚昭然，可不畏哉！凡闺阁私言，辟宜置之勿听，苟或不慎而牝晨肆逞。家索可待谍语之言，非虚语也。戒之谨之。

第十四，恪守成器

《礼》曰：勿没而杯棬不能饮，手泽存焉。尔是知先人器皿之遗，皆手泽之存。原其当日，不知费几经营，殚几财力。然后成此一物，为子孙者须爱，惜珍重不可轻意毁坏，斯继述之善者也。故盗窃宝玉大弓，春秋议鲁失守，为其不能重先人之成器也。至于祠内祭品，无事不得擅以借人。圣贤当有明训，尤当慎藏勿忽。

第十五，姻睦戚族

凡族党之中，与吾同姓者，非属伯叔，即为弟姐。与吾异姓者，非关亲戚，即属友朋，皆宜厚以相与。辈分尊者，须以父兄之礼敬之。辈分卑者，亦以友于之谊怀之。苟遇庆吊之事，必以温和往来，切不可骄傲陵人，以致积怨拘隙。古人六行之训，姻睦与孝友并重，确宜遵也。他若母族妻族，以及姑姐之家，皆与吾情谊相通，亦宜与族属之亲，一样礼待。

第十六，款待宾友

鼓簧歌乐，虔恭心陈簠感神听之和。古人之于宾朋良友情也。苟佳客庀止，执友过访。而不以杯茗将敬，有觍目将置何所。《语》云：自奉不可不俭，待客不可不丰。诚为確论。弟财力或歉，亦不必勉设奇珍。若茅季伟之，蔬食享客不可少也。然尤在内助贤淑，剪发延宾者成之。

第十七，燕饮宜谨

酒以合欢固款接亲友，所不可无者。然必酬酢恪慎，冈或愆仪败度则善矣。若卜画卜夜酩淫伎舞，必至戏谑成隙者有之。故凡宾朋往来，以杯莩叙契可也。切不可呼庐浮白酣歌虐饮，为酒所困，以致失体乖情，有伤凤谊。庶得武公宾筵之意矣。他若滥及匪人拍肩执袂，沉湎醉乡，此为荡产惹祸之媒，尤吾人所当宜戒者。

第十八，宿娼赌钱

《语》曰：蛾皓齿，乃伐身之斧。斥益言女色之不可溺也。况楚馆秦楼，尤费财资，以为之乎？此嫖之一项最宜力戒，乃然而耗散泉刀。犹其小者，一或不谨，而身染恶疮，以致溃体坏相，腥腐臭烂，为人所憎甚。至累及妻室，产而不育。至于匮宗乏祀，罪莫大焉。人宜思之，至于樗蒲一掷，乃刘寄奴之劣行。陶侃所云：牧猪奴戏耳，正人君子断不宜为之。一则倾家荡产，冻饿饥寒。一则忘飧废寝，有伤身体。更旦无端而觊人。所有心术更为奸险。古未有娼赌而能成家者。戒之戒之。

第十九，洁整居宇

谚曰：茶清地洁犬儿肥，便是人家兴发时。此言虽俚，诚卜筮隆替之龟策也。夫人之居室，苟洒扫洁净，几案整齐，入其庭，自有昌炽之势。不然而败器塞其堂，粪草污其地，未有不见其家之烬熄者。此吾目击之，明验所镂心，为戒者也。凡我子姓，宜时时整洁户庭，不可使荒秽错杂其中。至于众厅尤大家体面所关，比私室更为繁要。顷见人族有以祖祠为纳稼之场，众厅为积草之舍者。此等陋规，极宜痛革。如有不遵者，家长宜率众惩治之。若本家家人，则主仆之分攸关，勿使中堂燕饮。更宜谨之。

第二十，养育奴婢

臧获两者，用以资薪水供，使合此家之下不可无者。然御之贵得其要，昔宣圣云：唯女子与小人为难养也。近之则不逊，远之则怨，此万世为奴婢者之，真情亦万世处奴婢者之，至诚也。故待臧获者，必恩威并济，才得用人之方。恩非徒酒肉食之必善于体恤，毋强其所不欲，毋责其所不能。斯为恩威，亦非徒夏楚捶之也，必亡身正大示之，以恭肃予之，以规矩方为威。若锲刻而令彼饥寒失所，或姑息而使彼衣食过度，苟鞭朴而怨我苛酷，或狎亵而致彼跳梁，皆非养育婢隶之善道。驭下者宜知之。

二、严格家风育后代，安身立命重人缘

良好的家风是一个家庭最珍贵的资产，是一个人最厚重的底色，是一个人安身立命的根本。有什么样的家教，就有什么样的人；有什么样的家风，就有什么样的人生。积善之家，必有余庆；积不善之家，必有余殃。向善的家庭是温馨的、平和的，孩子在这样的家庭长大，也会善良、温润。

良好的家风，是人成长的优质土壤。

家教方面，杨桂枝的父母亲（包括养母张夫人）都注重从幼小就开始教育，一言一行、一举一动都指教到位。

杨桂枝四五岁时，吃饭时，爸爸杨纪就教育她，吃饭一定要把碗端起来，这是老祖宗留下来的规矩。这样吃饭，有很多好处：一是姿态比较端正，容易保持恭敬的感恩的心；二是不容易掉饭粒，汤汤水水的也不会四处洒落；三是吃饭就是吃饭，避免不必要的谈话；四是能吃多少盛多少，避免浪费；最后一点，这样的坐姿不占地方，且互不妨碍。筷子

杨桂枝父亲杨纪画像
江涌贵摄于《宏农杨氏宗谱》

要拿好，夹菜就近、从表面夹起，不要在菜盆里翻来翻去，吃饭用筷子乱翻盆里菜，一是没礼貌；二是表现出你的自私自利；三是不讲卫生，动作很难看。客人来了，要让客人先吃，请客人吃菜，但不要用自己的筷子给客人夹菜，不准站在凳子上，把筷子伸到对面去夹菜，那样显得没教养、没规矩、没文化。

要关心别人，滴水之恩当涌泉相报。一次，邻居大妈给跑去玩的杨桂枝一些橘子吃。回家后，妈妈问她："你谢谢大妈没有？"桂枝摇摇头，"做人要知恩图报，大妈给你东西吃，要诚心诚意地谢谢她，做人要有礼貌，懂吗？去，谢谢大妈！"懂事的小杨桂枝又跑到给她橘子吃的大妈家去，认真地说："大妈！谢谢您！"

学习方面，四个哥哥尤其是大哥杨次山奉父之命，十分认真地教这个妹妹读书、练习写字、背古诗词等。后来，杨桂枝到临安府养母张夫人那里学艺。在那里学艺的几年中，实际上

杨桂枝不仅学唱歌跳舞，也学习文化，更重要的是学习做人的礼节、礼貌等。

在那些哀伤的体验中，我们的眼睛湿润了，悲天悯人的情怀从心底被唤醒；在那些欢愉的体验中，我们的笑靥展开了，枯燥的日子有了趣味；在那些豁达的体验中，我们的心灵舒展了，纠结的不再纠结，放不下的也看淡了。生活中多了几分优雅，就添了几分从容。人活一世，一半迷离，一半清醒；一半烟火，一半诗意；半生春暖，半生秋凉；半生花开，半生花落。

每个人都在人生的丛林中奔跑，只是被荆棘刺伤的程度不尽相同而已。杨桂枝出生在一个普通的农民家里，她能成为皇后与她成长中的良好的家规家教分不开。她的成长过程中，也经历过酸甜苦辣。她，真正是从山沟沟里飞出的一只金凤凰。

三、知恩图报心地善，德行天下权为民

杨桂枝爷爷杨宇画像
江涌贵摄于《宏农杨氏宗谱》

《宏农杨氏宗谱》记有杨桂枝的爷爷、永阳郡王宇公赞："秉性刚克，夹辅圣王，致身通显，谠言硕论，彪炳史册，清白流芳，永绍前烈，于祖有光。"也记有对她父亲杨纪公赞："公貌苍苍，公服煌煌，乔迁青溪，庆衍宗芳，遗兹仪表，诰爵非凡，宜尔子孙，百世其昌。"

从《宗谱》对杨桂枝爷爷和

父亲的评价看，他们都是有文化、有教养的人。

我们每个人改变不了自己的出身，却也应该感谢时光的馈赠。父母的爱、家乡的山和水，让我们在岁月的长河里乘风破浪，于波峰波谷中辗转历练，变得越来越强大，越来越风雨不惧。我们每个人都要忠于内心，忠于自己，感谢自己不曾消减对生命的热忱，感谢命运赐予我们的诗情画意。

杨桂枝从小生活在一个有良好家风、家教和文化氛围的家庭之中。父亲杨纪交代大儿子，读书时要带上妹妹杨桂枝。她的生母除了管她吃穿住行和教她怎样做人外，也教她读书识字。后来，父母把她送到远房亲戚，民间艺人张夫人那里学艺。张夫人不但严格教她曲艺，而且教她许多做人的知识。养母张夫人对她走路的姿势、眼神、动作、礼节、怎么说话等等，都反反复复指教多次。所以，13岁的杨桂枝头一次进宫，包括走路、讲话、见太后的礼节，处处表现得体，显得很有教养，给吴太后留下了深刻的、良好的印象。

她从小性幽含雅，温柔宽厚，举止端重，严肃谨慎，喜读书史，博览典籍名传，足以母仪天下，堪称中国封建王朝最具才情气质的皇后之一。她能从宫女中脱颖而出，除了她能歌善舞、诗词书画都非常优秀外，与她懂礼貌、守规矩和善待人也有密切的关系，她与宫廷内的人都相处得很好。因此，也赢得了吴太后的欢心和喜爱。

幼年时期的生活和成长经历，对杨桂枝的性格品质产生了重大的影响，让她从小就体会到了平民生活的不易。体恤百姓、知恩图报、重视家教等，成为杨桂枝终其一生的德行操守，也是杨桂枝一生追求的人生目标。杨桂枝身为皇后，受万人敬仰。其实，比起她的才艺智谋、传奇般的人生，她高尚的品德更为百姓所津津乐道。

四、清白忠贞识大体，书中风雨永家传

杨桂枝成为皇后以后，其家人一荣俱荣。宝庆三年（1227）十月初一，位居右丞相史弥远奏疏劝请："国舅为人端肃，严密立心，必正行事有的。父子兄弟在朝，力勤王事，恒以锄奸，厥正为任，不遑启处。以致身虽王爵，家仍茅舍，祖父未葬，显其忠主爱国之意。"

父辈留下的好家风，培养了下一代。杨桂枝在这个知书达理家庭里长大，又受到良好的家风家教，读史书，明事理，学文化，识大体，终成一代人物。

在杨桂枝的谆谆教诲和严格要求下，杨家人虽然世代显赫，但从没有仗势欺民的现象发生。可见家教严明，德彰肃然。她的哥哥杨次山，仪壮魁伟，能文能武，初为宫中武德郎，官至会稽郡王，从吉州刺史升福州观察使，复任岳阳节度使。杨次山虽然显贵，但平时从不干预国政，能避权势，时人都称他为贤臣。

在杨桂枝的严格要求下，她哥哥杨次山，侄儿杨谷、杨石都很谦虚谨慎。史载，杨次山能避权势，不与人事。侄儿杨石说："吾家非元勋盛德，徒以恭圣故致显贵，襄吾父不居是官，吾兄弟今偃然受之，是将自速颠败耳！引恭圣抑远族，属意虑深远，言犹在耳，何以遽忘！"这里足以证明杨桂枝是怎么严格要求家人的。

良好的家风，对人有着深远的影响，决定了我们出门在外、为人处世的态度和底气。谁是给孩子系第一颗纽扣的人？

当然是父母。父母的言传身教，决定了孩子建立怎样的价值观。从出生那一天起，家风就对我们进行耳濡目染的熏陶，我们的所见、所闻、所思、所想、所行都与家风有关。一点一滴会被内化为一种习惯、一种自觉、一种自然而然的行为模式，成为我们从言谈举止到为人处世，从价值选择到是非判断，从伦理道德到人性人格的准绳。

《宏农杨氏宗谱》中就记载着杨桂枝的哥哥杨次山的一段史料，说明了杨次山的为人。宗谱记载：

恩给国戚盛典，左丞相史公奏帖——

枢密院兼极殿大学士旨丞相臣史弥远诚惶诚恐顿首稽首百拜启奏：

臣闻昔之圣王，笃亲亲之义，尚贤贤之心。视万民如一身，视天下如一家，是启九族和睦，百姓康宁。无为而成，坐观治化。国舅杨次山者，与太后谊联手足，国戚攸关，臣观其人，肃严诚谨，端楷轩昂，行事毕止，出言有章。况乎凤夜，在朝父子兄弟，力勤王事，惟以锄奸，定正为任。不遑敛处，以到身虽王爵，家仍茅舍。祖父未葬恭维。

陛下德盖包罗，含濡化育，尚其敦仁，笃义上体。太后之微隐下，恤辅弼之功熬。加锡一命之荣泽，使共振宇安灵，庶几教化，隆而风俗，厉益振忠，贞臣不胜，诚谨沐手，疏呈伏祈。

这是左丞相史弥远的一份奏帖，也是他对杨桂枝哥哥杨次山的评价。

善良是一种选择，也是我们应该坚持的底线，不管世界怎么变，不管面对怎样的纠结，我们都应该坚定善良是第一选择，始终向阳而生。每一个人心中都应该怀有一颗善良的种子，选择善良，让它开花、结果，世界因此而变得更加温柔和美丽。有人说，活着最该珍视生命的价值，我们活着不能与草木同腐，不能醉生梦死，枉度人生，要有作为。

生命的春天已经悄然来临，春风像一支彩笔，勾勒出整个世界的波澜壮阔。春雨像花针、如细丝，密密麻麻地织出一幅锦绣河山的画面。一日之计在于晨，一年之计在于春。春天就是希望，让我们一起投入大自然的怀抱，享受这绚丽多彩的春天吧！

这真是：

知书达理好家风，万人敬仰品行红。

良好家教育英才，凤凰出在深山中。

独澜直向庭前树，正气偏从堂下涌。

琴传古调千秋仰，镜鉴新容百代宗。

第十五章
常怀感恩保本质　体恤百姓品德高

饮水思源，常怀感恩保本质；

知恩图报，体恤百姓品德高。

这是杨桂枝做人品行的表现。她虽成为高高在上的皇后娘娘，但她一直没有忘本，牢记自己是从一个贫困山区走出去的农家女儿。她身居皇宫里，却时常怀念家乡的父老乡亲。

杨氏宗祠　江涌贵/摄

杨桂枝不忘自己平民出身和长辈的教育，在人生中注重做个好人。常怀感恩之心，体恤百姓疾苦。好心即慈善心肠，犹言同情心。只有真正的善心，才有真正的善行；没有真正的善心，就不可能有真正的善行。真正的善行里必有真正的善心，心不离行，行不离心。识人察人其实也不是什么高深的学问，就看事关这个人利益的时候，一个人的表现就可以了。

一、女儿进宫不怪母，养育之恩牢记心

　　那是个战乱时代，杨桂枝的爷爷杨宇带着他2岁的儿子杨纪，从河南开封迁至浙江淳安县安家落户。

　　里商乡石湾村十五坑杉树坞龙门墈杨家基，在一个偏僻的高山上。这里，交通不便，信息不畅，经济落后，生活贫苦。当时，杨桂枝有4个哥哥、1个姐姐，加上爷爷奶奶和爸爸妈妈，全家共有11个人。这么一个大家庭，其经济来源有限，家庭生活艰苦的情形也就可想而知了。

　　在封建社会里，重男轻女是很正常的。由于家境贫寒，杨桂枝又是个女孩，她是不可能得到重点培养的。但是，她从小就很聪明。为了生计，父母亲决定把她送到生母张氏的一个远房亲戚、后来被杨桂枝称为养母的张夫人身边拜师学艺。从此，8岁的杨桂枝便离开了爷爷奶奶、父母和哥哥姐姐，离开了里商乡下的农家。

　　月光静静地洒落在小院枯黄的梧桐树上，空气中弥漫着秋桂淡淡的香味，耳畔蛰虫声声如诉，如落寞的深宫美人用埙吹奏一曲汉宫秋月，说不尽的哀怨忧伤。

　　后来，有了专门为宫廷里皇后献唱服务的乐部艺人，张夫

人也就有一年多时间没进宫献唱了。一天，吴太后对乐部艺人的表演不满，突然想起让张夫人进宫献唱。此时张夫人又生病卧床没法进宫。张夫人没法，只得让杨桂枝代她献唱。出发之前，张夫人千叮咛万嘱咐，一遍遍地教桂枝进宫的礼节。令张夫人料想不到的是，这一去，杨桂枝就留在宫里当宫女而回不来了。从此后，张夫人与杨桂枝就再也没有见面过。

从杨桂枝的人生历程来看，这或许是个天赐良机。这个偶然的机会，为她后来走向皇后的宝座打开大门。

屋内，一片寂静，明晃晃的烛火倒映在她容颜上，对面的张夫人沉默许久，终于咬咬嘴唇，吐出几个字："你不要怪母亲，天威难测，母亲也是没办法呀。"养母张夫人颤抖着双手，轻轻抚摸着女儿杨桂枝的脸蛋，泪流满面。

女子容颜姣好，却面容青涩。面对着愧疚的妇人，朱唇轻启："生母养我8年，你又养我4年多，对我恩比天高。此举，母亲也是身不由己，我如何能怪母亲呢？"

养母张夫人见到自己的女儿这般善解人意，早已泣不成声，拿出手绢默默拭泪。杨桂枝走上前，握住她的手，挤出一个笑容，安慰道："母亲，或许宫里也没有大家说的那么可怕呢。"这样说，或许是为了让养母放心，或许是自欺欺人，她也不知道。

一阵秋风吹入屋内，杨桂枝翻开自己常读的《诗经》。桃之夭夭，灼灼其华。昨日，张夫人还盼着杨桂枝日后觅得一个少年儿郎，与他举案齐眉，而今却要入宫了。进宫后，那是"一入宫门深似海，从此萧郎是路人"。

生活，就像瓦舍里的马戏，自己永远不知道下一步会遇到什么。造化弄人也好，时不待我也罢，自己早已没有选择了。

杨桂枝苦涩地笑了笑，两行清泪滑落，顺着花一般娇艳的脸颊落入口中，一阵苦涩自心底涌上舌尖，如吞了一枚未熟的橄榄。

这一年，杨桂枝 13 岁，奉旨入宫。

二、册封皇后谢太后，栽培之恩瀑布情

杨桂枝代替养母张夫人进宫献唱，才有了进宫的机会。

今天，回过头来看看杨桂枝从一个平民之女到被册立为皇后的过程，有两个关节点都得益于吴太后。一是进宫后，由于杨桂枝一开始就展露出非凡的才华，吴太后不但把她留在宫内，而且对她百般宠爱。按照正常的情况，即使进了皇宫，成为宫女，一般也都是老死在宫中，而杨桂枝的命运却不一样。二是身为宫女的杨桂枝竟被刚刚当上皇帝的赵扩看上，吴太后看在眼里，并同意、成全了皇上赵扩与杨桂枝的恋情，使杨桂枝一夜之间由宫女变成皇帝的夫人。这两点，是杨桂枝改变人生的重要节点。

滴水之恩，当涌泉相报。在杨桂枝的人生路上，吴太后是她人生中的恩人。可以说，没有吴太后的宠爱和恩赐，就没有她后来的荣华富贵。

嘉泰二年（1202），杨桂枝被册封为皇后，她也想得很多。她每每念及吴太后当年的栽培之恩时，深感无以为报，就在自己寝宫的墙壁上，贴上吴太后的画像和宁宗姓名。因她明事理，知进退，能识人。所以，平时也常询问宁宗皇上：这人有无差遣，那人有无安排？以示饮水思源。

三、故乡省亲应节俭，胸中不忘众乡亲

春天随着落花走了，夏天披着一身绿叶从暖风里跳动着来了。树叶在阳光下一动一动地放着一层绿光。初夏时节，各色野花都开了，红的、紫的、粉的、黄的、白的，像绣在一块绿色大地毯上的绚丽斑点。成群的蜜蜂在花丛中忙碌着，吸着花粉，飞来飞去。

宁宗嘉定六年（1213），杨皇后51岁，离开故乡已经40余年，她要回故乡省亲。杨桂枝考虑到淳安水路险峻，尤其是没有大面积的平地建行宫，她也不愿因为自己省亲而增加家乡百姓的负担。于是，就决定在严州府城（今建德梅城）接待亲族。严州知州宋钧体会杨皇后珍惜民力之意，一面简朴修缮已经破败的严州城垣，暂作杨后行宫；一面命所辖的淳安、遂安、建德、寿昌、桐庐、分水6县各出一道本地菜肴，用来招待杨皇后。

各县接到严州知府的通知，都十分重视，各自拿出最有特色的菜。

当时，杨桂枝娘家淳安县提供的一道菜，名叫红烧鱼。这道菜的主料是当地的一种小型鱼，手指般粗细，半截筷子般长，头大，吻扁，唇厚，有一对胡须。此鱼腹腔较小，肠道短，内脏部分比较小，易于清洁，可食部分比例大，肉质坚实，少刺。红烧、辣烩都可以，味道鲜美。这道菜深得杨皇后的喜爱。因为此鱼的体型细短，像一根细短的桂花树枝，又兼杨皇后名桂枝，严州百姓就将此鱼称作"桂枝鱼"，以表达对杨皇后的感念之情。因"桂枝"与"棍子"在严州方言中发

音相近，一代一代传下来，就将"桂枝鱼"误称为"棍子鱼"了，一直延续到今天。

如今，外地人来到千岛湖旅游，在宾馆、饭店中经常可以吃到红烧棍子鱼，追溯到 800 多年前，它原本叫红烧桂枝鱼呢！

四、体恤百姓交奏折，风华一曲后来人

杨桂枝来自淳安县民间，深知民间疾苦，体恤百姓。她从娘家人那里获悉江浙政府要让百姓缴纳"生子钱"，即生男孩的家庭就必须纳税。江浙一带的广大民众对此怨声载道，天天喊怨叫苦。收取"生子钱"，不但增加老百姓的经济负担，而且也影响民间的生育，使人口逐步减少。她听到娘家人的反映，认为这是一个大问题，关系到千家万户，关系到社会的发展和稳定，必须向皇上提出，取消这一不合理的收费。

开禧元年（1205）十二月，杨桂枝备奏折，她持奏折按正规程序交给宁宗。

宁宗接过奏折，也感到收"生子钱"不妥。根据杨皇后的请求，御批"尽免两浙生子钱"。此举不但减轻了江浙人民的经济和精神负担，而且也大幅度地增加了江浙人口，更重要的是稳定了民心，稳定了社会，促进了社会和经济的发展。

五、兄妹出资把桥建，杨村桥镇远留名

杨皇后娘家人来严州府与杨皇后相聚。娘家人说，淳安县穷山恶水，田地稀少，生活艰苦，希望迁到严州府城来居住。

杨皇后不愿娘家人打扰地方行政官员，给地方政府增添麻烦和财政压力，也不愿扰乱府城居民的正常生活。但是，娘家人既然提出这个要求，她也要适当考虑。于是，她询问了严州府知州宋钧当地的具体情形，并如实反映了家乡父老乡亲的想法。当她了解到城西二十里（10千米）外，荒山野地较多，人口又稀少的情况时，杨皇后便向严州知州宋钧说明了自己的想法。在征得宋钧的同意后，才让淳安的部分娘家人迁到府城以西二十里处垦荒定居，不需州府出资，由迁来的娘家人自力更生，只规定三年内免缴粮赋。后来，此地就以姓氏定村名，称作杨村。

杨氏宗谱 江涌贵/摄

在杨村通往府城的路上有一条小溪，溪上原有一座木桥，遇洪水后被冲垮。为解决迁来的娘家人出行困难的问题，杨皇后和大哥杨次山又商量，决定兄妹俩捐出自己多年的俸禄和积蓄，为家乡建造一座坚固的石拱桥，而不需要州县出一分钱。当地百姓感念杨皇后及其兄为当地做了一件大善事，便将此桥取名为杨村桥。此后，该村就改称"杨村桥村"。

千岛湖旅游码头的桂枝桥　江涌贵/摄

村以姓名，桥以村名；村以桥名，镇以村名。这样，一代代地延续至今，正是现在的建德市杨村桥镇之由来。

这真是：

听闻需缴生子钱，民间疾苦装心间。

提交折奏酝甘雨，皇上恩准起瑞烟。

朝晖树下星光夜，夜雨灯前忆故年。

烽烟近报芳草地，街巷新传艳阳天。

第十六章
象征听政行国策　主动撤帘向光明

历史的潮流汹涌澎湃，总是不断翻卷着新的变故和浪花。

1224 年，赵昀即位，这就是历史上的宋理宗。理宗即位之时，已经 21 岁。虽已成年，但为报答杨皇后拥立之恩，不仅尊杨皇后为皇太后，且恳请皇太后垂帘听政，执掌朝纲，以理国事。史弥远等大臣也希望皇太后一同听政。在理宗与大臣们的一再恳请下，杨桂枝以皇太后身份垂帘听政。那年，杨太后已经 62 岁。

一、垂帘听政服民众，处理政务得民心

太阳从地平线上冉冉升起，红日照耀着大地，璀璨的阳光照亮了这座城。

4 月下旬，正是仲春季节，也正是山花烂漫的季节。凤凰山上的杜鹃花开得十分茂盛，如火如荼，似千万支蜡烛，像千万丛火把。山野一片姹紫嫣红，遍地若锦。

不少朝代中，都有后宫干预朝政——垂帘听政一事。然而，在这些干预朝政的人当中，有的存在一定的野心，有的则出于无奈。南宋宁宗皇帝的杨皇后便属于后者，她垂帘听政，

可以说是一种无奈之举。

对于杨太后来说，她心里当然明白垂帘听政，其实是理宗和大臣们对她的一种尊重和信任。她不便驳了理宗的好意，于是她答应了下来。然而，她心中有个原则，做到听政而不专横，也就是说只象征性地听政，做做样子，协助理宗稳步接班。实际上为新皇帝撑场面，向大臣们表明自己的态度。同时，有皇太后坐镇，像史弥远这样的权臣就不得不有所收敛。更重要的是，自己业已违背了太祖、太宗制定的后妃不得干政的祖宗家法，必然会引起朝野上下的种种议论。她想，自己不能违背太祖留下的后宫不得干政之遗训，理应做一个表率。

杨太后并不贪恋权势，听政却不专横，只协助理宗稳步接班。在开始垂帘听政后，她很理智、很聪明，她只是象征性地听政，妥善地处理事务，并没有任何专横跋扈、把持朝政的行为。她这样做，既是聪敏智慧的表现，又是一种很理智的做法。

在杨皇后的谆谆教诲下，两个侄儿显贵，但从不干预国政。她还告诫娘家人："为官，不得干预内政；经商，不得欺行霸市；务农，不许欺压乡民。"

里商乡的娘家人谨遵太后的旨意，从不显尊露贵，更不仗势欺人。杨桂枝这一行为，深得当地官员和百姓的一致好评，在当地留下良好口碑。

杨家皇亲国戚世代显赫，但从无仗势欺人的现象，德彰萧然。

二、审时度势把帘撤，赢得朝廷百官评

做人，要有自知之明；行事，要把握分寸。

在人生的路上，善于急流勇进与急流勇退都是智慧的表现、明智的抉择，关键是看处在什么情况之下。在垂帘听政不久，杨桂枝就把握时机，审时度势，急流勇退，安享晚年。

杨太后心里明白，自己垂帘听政，只不过是理宗对她的一种尊重。因而，她十分注意分寸，把握时机，适时退下，主动撤帘。可见她的审时度势，进退有度，很有大将风度。

月亮含着微笑偷偷地爬出了云层。皎洁的月亮，好似一盏天灯高挂在空中，照亮了胜利的行程。

入夜，红日西沉，钱塘江异常壮观。夜幕从滔滔江面上升起，江水拍击堤岸，有节奏地发出哗哗的声响。夜，显得格外平静。杨皇后躺在床上，久久不能入睡。她想，垂帘听政也已半年了，扶持理宗稳步接班的任务完成就该放手了。

不久后的一天，侄儿杨石就向杨太后陈说了垂帘听政的利害关系，劝其撤帘。杨太后早有此意，正中下怀，便顺水推舟。宝庆元年（1225）四月七日，杨皇后手书"多病，自今免垂帘听政"。于是，她主动向百官宣布撤帘，还政理宗，这距她开始垂帘听政之时仅仅过了 7 个月。

懿旨正式宣布撤帘，赢得朝野一片赞誉。

杨太后主动向百官宣布撤帘后，理宗又先后两次恳请杨太后继续垂帘。然而，杨太后决心已下，态度明确，始终没有答应。皇太后的高风亮节，赢来了理宗的回报。据《宋史·后妃传》记载，宝庆二年（1226）十一月戊寅日，加太后尊号

为寿明。绍定元年（1228）正月丙子日，再加尊号慈睿。绍定四年（1231）正月，太后70岁，皇帝率领百官朝拜慈明殿，加太后尊号为寿明仁福慈睿皇太后。十二月辛巳日，太后生病，诏令祈祷，祭祀天地、宗庙、社稷、宫观，大赦天下。

宋理宗执政的前十年，除了杨皇后垂帘听政那半年多的时间，政权都被史弥远所把控。史弥远大权在握，独揽朝纲，对金一贯采取屈服妥协的政策，对人民则疯狂掠夺。他还大量印造新会子，不再以金、银、铜钱兑换，只以新会子兑换旧会子，并且把旧会子折价一半。致使会子充斥，币值跌落，物价飞涨，民不聊生，南宋国势急衰。其后，又经历丁大全、贾似道两位奸相大肆折腾，此为后话。

杨太后主动撤帘之后，在理宗与大臣们的敬重中，她平静地度过了8年时光，在宫中安享晚年。

绍定五年（1232）十二月壬午，杨太后在慈明殿去世，享年71岁，谥号为恭圣仁烈。绍定六年（1233）四月二十八日，陪葬永茂陵。

这真是：

> 象征听政不独言，协助理宗想在前。
>
> 主动撤帘还朝纲，急流勇退度晚年。
>
> 云烟过眼德无偏，风雨兼天任缠绵。
>
> 偏超世外翰墨畅，独立风前梦魂牵。

第十七章
一支妙笔写升平　宫廷走出女诗人

　　杨桂枝在文艺上的成就也十分引人注目。她通经史，工于诗，善书画，是一位名副其实的女诗人。由宋理宗题写书名的《杨太后宫词》，是杨皇后以宫廷生活为题材写的一部诗词集，流传至今的有50首。她刻苦好学，成为宋代的知名女诗人之一。

一、深居宫廷勤学习，笔下云烟诗生成

　　　刻苦学习写诗词，笔下生花出佳句。

　　　细数穿花燕影偏，静凭雕栏浑无事。

　　杨桂枝从小就对诗词表现出浓厚的兴趣，显露出她在这方面的独特天赋。按照现代的说法，就可称作"神童"了。她手中一支妙笔，写过无人行经的兰径，写过雨后暗生的青苔，写过窗外泛起的鱼肚白，写过废弃的宫苑，写过殿阶上的桂影，也写过日华一寸复一寸地笼上金铺。诗句里，她孑然一身，一个人静倚栏杆，数着穿花而过的燕子。一个人看着天色渐明，仔细地分辨莺啼来自哪一枝花梢（晓窗生白己莺啼，

啼在宫花第几枝）。一个人守在岑寂院落里，一下一下地捣着朱砂（绿窗深锁无人见，自碾朱砂养守宫）。白昼与夜晚、晴与雨、春与秋、花开与花落，乃至光影变换推移间，只有她自己。她曾经自嘲地将自己比作长门冷落的陈阿娇。她说，辇路青苔雨后深，铜鱼双钥尽沉沉。词臣还有相如在，不得当时买赋金。

《庄子·大宗师》云："古人真人，其寝不梦。"杨皇后大概是不梦的吧，又或许她不知道该做怎样的梦，才能填补生命里空空荡荡的昼长夜短与昼短夜长。

她的诗里当然也有过明亮的色彩。比如，打马而过的少女、亭亭玉立的并蒂莲、野塘中成双成对的鸳鸯、娇怯羞涩的宫娥、秋千架上美丽似嫦娥、亲蚕礼前五色的丝线，以及温润衔笑的君王。可是，主角尽是旁人。立在槐荫底里，听着远处宫殿里遥遥传来的琴音，才是她一贯以来的姿态。她由衷地羡慕平凡的快乐，却始终无法参与其中，是她最悲最痛之处。

如果故事就此打住，杨皇后就只是一位饱尝求不得之苦的深宫妇人，一味耽溺孤独，无法自拔，无甚出奇。杨皇后之所以迥然不同，正因为她以千钧之笔力写下"兰径香销玉辇踪，梨花不肯负春风"。她深深的情意与执念——对人、对事、对世间——皆凝在"不肯"二字中。哪怕春风浩浩莫肯一顾，她也始终不相负，这是千般苦难、万种孤寂也磨灭不了的骄傲与风骨。孤光自照，不留余地，真是她一生的注脚。

人生失意到极处，往往借梦境以求解脱，然而，杨桂枝从来就没有梦。在她的诗篇里，寻找不到关于梦境的只言片语，满满的尽是梦醒后的刻骨寒凉。她的笔辗转过梦回初醒时倾泻一地的月华，也流淌过兽炉里的青烟断尽之际，一缕未及散去的沉香。

二、委婉说闲含艺术，升平诗歌成典型

杨桂枝与宋代文坛有着非常密切的联系。她生活在宫廷里，她写的诗肯定离不开宫廷生活，她的诗鲜明地体现了宋诗的风貌，对宋代文坛影响很大。

《全宋诗·杨皇后诗》以及《丛书集成》影印《二家宫词》为底本，收诗52首，其中歌颂升平的占多数。在题材上，她的诗歌主要是写宫廷生活，如《宫词》其二云："元宵时雨赏宫梅，恭请光尧寿圣来。醉里君王扶上辇，銮舆半仗点灯回。"赏花是皇族生活的重要组成部分。《续资治通鉴》卷二十五记载："太宗于雍熙元年三月己丑，诏宰相近臣赏花于后苑。上曰：春气暄和，万物畅茂，四方无事。朕以天下之乐为乐，宜令侍从、词臣各赋。赏花赋诗作自此始。"皇族在升平闲适时多赏花。如周密《武林旧事》卷二赏花云："起自梅堂赏梅，芳春堂赏杏花，桃源观桃，粲锦堂金林檎，照妆亭海棠，兰亭修禊，至于钟美堂赏大花为极盛。"赏梅是一系列赏花的开始，此时把活动的主角帝王请来观赏，而且还准备了酒，所以帝王赏花后大醉而归。这是典型的升平诗歌。宋代升平诗歌由宋太宗开创，如《缘识》其一二："龙泉剑，龙泉剑，我用似波流，升平无事匣中收。"但是，宋太宗作为升平诗歌开创者写这类作品并不多，不及杨桂枝《宫词》以组诗形式集中渲染太平盛世形容生动。杨桂枝才是皇族作家中抒写升平诗歌的代表作家。

杨桂枝的升平诗歌，首先突出一个"闲"字。如《宫词》其五："溶溶太液碧波翻，云外楼台日月闲。"太平盛世多闲

适，委婉地说闲适比直接说升平要含蓄。如徽宗《白鹤词》其一："世人莫认归华表，来瑞升平亿万年。"就不如杨桂枝诗歌的蕴藉，这是杨桂枝升平诗歌的高明之处。其次突出一个"花"字。升平诗歌是太宗在赏花的氛围下开创的，花与升平诗歌结下了不解之缘。其《宫词》十三："水殿钩帘四面风，荷花簇锦照人红。"其三十："兰径香销玉辇踪，梨花不肯负春风。"杨桂枝诗中提到的品种主要有梅花、海棠、荷花、梨花、紫薇等，此外还有奇花，如《宫词》其十一："后院深沉景物幽，奇花名竹弄春柔。"这与周密《武林旧事》卷二赏花中的记载大体上吻合，如："起自梅堂赏梅，芳春堂赏杏花，桃源观桃，粲锦堂金林檎，照妆亭海棠，兰亭修禊……各簪奇品，如姚魏、御衣黄、照殿红之类几千朵，别以银箔间贴大斛，分种数千窠，分列四面。"奇花是"姚魏御衣、黄照殿红"等。而且赏花时"大抵内宴赏，初坐、再坐，插食盘架者，谓之'排当'。否则谓之'进酒'。"杨桂枝《宫词》与周密《武林旧事》基本上体现了诗史互证的规律。最后是突出皇族气息。诗中多有"君王""御"等字。如《宫词》其九："上林花木正芳菲，内里争传御制词。"其十："禁御融融春日静，五云深护帝王家。"杨桂枝升平诗歌在内容上集中描绘了太平盛世的皇家生活。

周密等生活在宋末元初的文人的诗中，有着歌舞升平和兵荒马乱的比较，所以"承平乐事为难遇"，而杨桂枝则是生活在"承平乐事"的宫廷生活中的女作家。她的诗歌，尽管有粉饰太平的一面，没有涉及民间疾苦，但是以她较为细腻的笔触，却反映了当时社会的风貌，体现出鲜明的时代特色。杨桂枝诗歌以七言绝句组诗为主，52 首《宫词》中只有 8 首为七古，其他全部是七绝。七绝所占比例达到 85%，占绝对优势，是她所擅长的。

三、情思绵绵诗丰富，字里行间换乾坤

杨桂枝是一位很有天赋，富有情感的女诗人。

随着年龄的增长，她的性格发生了转变。我们仔细阅读她的诗作，不难体会到作者情感、思维的复杂性。诗中既有冷落寂寞的写照："春风淡淡水淙淙，携伴寻芳过小杠。恼杀野塘闲送目，鸳鸯无数各双双。"也有"后院深沉景物幽，奇花名竹弄春柔。翠华经岁无游幸，多少亭台废不修?"杨皇后或许不知该做怎样的梦，才能填补生命里空空荡荡的昼长夜短与昼短夜长。她的灵魂飘浮在拂晓的雾里，找不到前路，看不到希望。

当然，也有宠幸得意的夸耀，甚至还有治理业绩的颂扬："思贤梦寝过商宗，右武崇儒帝道隆。总览权纲求治理，群臣臧否疏屏风。""泛索坤宁日一羊，自从正位控辞章。好生躬俭超千古，风化宫嫔只淡妆。"而从"人世难逢开口笑，黄花满目助清欢"的题诗看，应该是她身在宫廷的心态的写照。

同为宋代女作家的朱淑真、李清照的诗歌，在题材和体式方面更加多样化。如朱淑真的七言绝句组诗《春日杂书十首》其一："春来春去几经过，不似今年恨最多。"七言律诗组诗《幕诗三首》其一："才过清明春意残，落花飞恕便相关。衔泥燕子时来去，酩蜜蜂儿自往还。"七律古体诗《苦热闻田夫语有感》："寄语豪家轻薄儿，纶巾羽扇将何为。田

中青稻半黄穑,安坐高堂知不知?"又如李清照七言古诗《打马赋诗》:"老矣谁能致千里,但愿相将过淮水。"五言绝句《夏日绝句》:"生当作人杰,死亦为鬼雄。至今思项羽,不肯过江东。"七言古诗《感怀》:"作诗谢绝聊闭门,燕寝凝香有佳思。静中我乃得知交,乌有先生子虚子。"七言律诗《上韩公枢密》:"但说帝心怜赤子,须知天意念苍生。圣君大信明如日,长乱何须在屡盟。"朱淑真、李清照的诗歌在题材方面有农事诗、爱国诗,在体例方面有古诗、律诗、绝句。与朱淑真、李清照的诗歌做比较,就会发现杨桂枝诗歌主要为升平诗,体例主要为七绝组诗,这既是她的长处,又是她的短处。

根据胡文锴《历代妇女著作考》的统计,宋代有著作的女作家有143人,但著作现存于世的除了杨桂枝之外,就只有朱淑真、李清照、沈淑、张玉娘4人。与朱淑真、李清照的创作相比,杨桂枝只有诗画而没有文与词,说明她的创作在体例上比较单一,创作力并不旺盛。造成杨桂枝诗歌题材与体式上都单一局面的主要原因是杨桂枝主要生活在宫廷这种狭小的环境中。她的一生在歌舞升平中度过,没有朱淑真、李清照的遭遇。

在诗词创作方面,杨桂枝与李清照、朱淑真相比,她投入的精力并不多,所以对于《宫词》也没有花太多的精力。其成就则亚于同时代的李清照和朱淑真,因此,在中国文学史上对她的评价甚广。通过对杨皇后与升平诗歌以及杨皇后与江湖诗两方面的研究,可知她对宋代文坛的影响重大。

在中国漫长的历史长河中,多数平庸的人被后人淡忘了。杨桂枝由于她的文学艺术的爱好和修养,留下了稀世画作和不朽诗文，这位南宋恭圣仁烈皇后杨桂枝，如今又回到了人们的视野。

　　诗的春天来了，真是：

　　　　春风得意心舒畅，草木嫩绿披盛装。

　　　　鸟语花香正当季，愿君莫负好时光。

　　　　丰富情感诗中乐，字里行间春风扬。

　　　　莺歌燕舞忙绽放，各类奇花尽妖娆。

第十八章
美术史上第一女　满园春色百花图

　　杨桂枝不但能歌善舞、善书法、工于诗，而且在绘画方面也很有成就，对南宋宫廷绘画艺术的发展也有积极的推动作用，被人称作"美术史上第一女"。她的画作流传至今，现存的画作有《宋杨婕妤百花图卷》《樱花黄鹂图》和《月下把怀图》。这些美术作品，是南宋诗苑画坛中的一朵奇葩。

一、能诗会画懂书法，艺术高峰展云都

　　杨桂枝不但能作诗、善书法，而且美术天赋也很高，在美术方面也很有成就。她的美术作品，常配有题诗、题句，又是一大特点。她喜欢在宫廷画师的作品上题字作诗，有时也会亲自作画，并配题诗。事实上，杨桂枝本人就是一位能诗、工书、擅画，极具才艺的女书画家。

　　吉林省博物馆就藏有她的一幅《百花图卷》，是中国存世最早的女性画家作品。

　　从《南宋院画录》所辑之画来看，由杨桂枝赐题之作多达20余幅。根据前人研究成果，如今传世的杨桂枝墨宝也有十余件。研究成果归列如下：

1. 马远《华灯侍宴图》题诗，台北"故宫博物院"藏

2. 马远《倚云仙杏图》题句，台北"故宫博物院"藏

3. 无款《桃花图》题句，台北"故宫博物院"藏

4. 《杨妹子书团扇一》，顾洛阜捐赠，美国大都会博物馆藏

5. 《杨妹子书团扇二》，顾洛阜捐赠，美国大都会博物馆藏

6. 马麟《层叠冰绡图》题诗，故宫博物馆藏

7. 《四时节物七绝方册》题诗，美国普林斯顿大学藏

8. 宋人《云门禅师图》题赞，日本京都天龙寺藏

9. 宋人《清凉禅师图》题赞，日本京都天龙寺藏

10. 宋人《洞山涉水图》题赞，日本京都天龙寺藏

11. 马远《十二水图》题句

12. 杨婕妤《百花图卷》题诗，吉林省博物馆藏

另外，还有题名宋人画 12 幅，现分别藏于北京、重庆、上海和天津博物馆。

从内容上看，杨桂枝的题画诗大部分是以花卉为主题。花卉作为女性之美的传统象征，是咏物诗的一种常见的主题。咏物诗的主旨不在言物，而在于诗人的自我抒怀。这些诗词与流传的南宋大量描绘自然之物的宫廷绘画结合在一起，也使画中主题具有了某种意义，成为人类情感与思想的象征物。

菊花，是杨桂枝最喜爱的花卉之一，多次出现在她的作品中。她为重阳节的到来所作的《四时节物七绝方册》："九日篱边虽冷落，菊花开后乃重阳。"重阳节是阴历九月的第九天。这一天人们要登高望远，观赏菊花，喝菊花酒。据传，与菊花有关的这些活动起源于晋朝诗人陶潜（约 365—427）。而

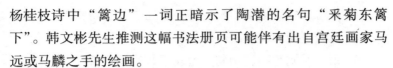

杨桂枝诗中"篱边"一词正暗示了陶潜的名句"采菊东篱下"。韩文彬先生推测这幅书法册页可能伴有出自宫廷画家马远或马麟之手的绘画。

在汪珂玉的《珊瑚网》中，另录有杨桂枝《自画菊花图》的题诗：

> 莫惜朝衣准酒钱，渊明身即此花仙。
> 重重满满杯中泛，一缕黄金是一年。

这幅杨桂枝亲笔所绘《菊花图》，虽然未能传世，但可以想象，将这段诗与宫廷风格的工笔菊花配在一起，精心描绘的菊花被赋予更深刻的含义，成为向往陶渊明以及隐逸生活的象征。这件作品还题有《赐大知阁》。据考证，大知阁指杨桂枝兄杨次山的大儿子杨石。身居深宫的杨桂枝在赐予侄儿的画作上，直白地表达出对这位中国历史上最杰出的隐逸诗人的仰慕，以及对其生活方式的向往。自魏晋时期玄学取得主导地位后，隐士的生活方式与投身政务间的矛盾便已消除。林顺夫先生也指出，宋代后期，思想的隐居境界对上层社会充满了吸引力。对田园生活持一种审美的态度，以及对自然万物有一种敏感，是有德君子的重要特征，而有德君子就可视为朝隐的一种。也许杨桂枝反复在诗画中使用菊花题材，就是在传递"大隐隐于市"的思想吧。

在台北"故宫博物院"里，藏有马远的一幅花卉作品《倚云仙杏图》。图中所绘的一枝枝红杏，娇艳欲滴。作品上部有杨桂枝题写的"迎风呈巧媚，泹露逞红妍"。学者李慧淑指出，杨桂枝是利用花卉绘画上的题诗，向她的丈夫宁宗皇帝传递微妙的信息，这两句似乎确实提到了女性对男性临幸恩宠的接受。那么，这件作品的确有可能是准备送给宁宗本人的。而画中柔媚盛放的杏花，似乎也成为取悦君王的后宫女子的象征。

马远绝对是杨桂枝最为宠信的宫廷画师。根据《南宋院画录》所载，杨桂枝一生仅为马远、朱锐、马和之、刘松年、李嵩、马麟6位画家题跋，其中为马远的作品题写的数量最多。陶余仪在《书史会要》中，还记其题写马远画"语关情思，人或讥之"。根据现存资料分析，这件匪夷所思的"绯闻"，极可能是源自杨桂枝的题画诗《调寄诉衷情——题马远松院鸣琴小幅》：

> 闲中一弄七弦琴，此曲少知音。多因淡然无味，不比郑声淫。　　松院静，竹林沉，夜沉沉。清风拂轸，明月当轩，谁会幽心？

最后一句"谁会幽心"，引发后人的无限遐想。但仅凭这首题画诗要说杨桂枝爱上地位低下的画工马远，着实牵强附会。杨桂枝是个聪明人，她已是皇后了，怎能见异思迁？杨桂枝的丈夫宁宗皇帝虽说性情温和，但也决不能容忍母仪天下的皇后有如此出格之举。倘若杨桂枝本人真爱恋马远，在那个年代绝非光彩之事，她又怎么会将情思题于画上，使其公之于众而流传于世呢？

这首题画诗，为什么会被后人认为是诗作者向画家马远表诉衷情呢？在很大程度上，人们误解了诗画创作双方的地位。明清文人将杨桂枝与画家马远的关系理想化为主仆二人以诗画交流，如同高山流水遇知音，俞伯牙遇见了钟子期。这种默契的交流互动，甚至超越二人在世俗生活中悬殊的地位差距。但是，他们忽略的是，作为宫廷艺术的"赞助人"，杨桂枝始终是创作过程中的主导因素，也是作品的拥有者。尽管这幅《松院鸣琴》未能传世，但我们可以想象画中是图解"松院静，竹楼深，夜沉沉"的诗词内容，应类似于马麟《秉烛夜游图》的画面形式。

从这首诗的意境看，深夜静寂的松院内，女主人抚弄古琴独奏一曲，可惜无人能听懂她琴声蕴含的心意。想来"多因淡然无味，不比郑声淫"。"郑声淫"是春秋战国时期的民间音乐，与孔子的雅乐相径庭，常指奢靡纤巧的音乐或文学作品。也就是说，女主人认为自己的雅乐与某些人妩媚挑逗的乐歌相比，显得索然无味，所以无人相和。只得在沉沉月夜、深深庭院中发出"谁会幽心"的感慨。前面提到杨桂枝借花卉绘画的题诗向丈夫宁宗皇帝传递信息，这极可能是宁宗皇帝另结新欢，杨桂枝作词表达自己失落的心意，便使用孔子"郑声淫"的典故。

当然，诗画结合形式，即诗词与绘画虽在同一幅绢面，但从内容的结合并不紧密，甚至是离之无伤的。画家只是将诗词中描绘形象的几句图解出来，剩下的含义只能留给人们想象，如同《洛神赋图》一样。杨桂枝最重要的题画作品，也就是韩庄所说文字与图像前无古人的密切结合的画作，是现藏于故宫博物院的马麟的《层叠冰绡图》。诗情画意是南宋宫廷绘画的重要特征，虽然画史上马麟的画技一直处于父亲的阴影之中，却被认为比其父马远更加擅长绘画。他的传世作品许多是以诗句命题的，如《芳春雨霁图》《秉烛夜游图》《坐看云起图》，还有《暗香疏影图》等。有的作品则直接由帝后题诗于画上，比如，宁宗题诗的《幕雪寒禽图》、杨后题诗的《层叠冰绡图》，以及理宗题诗的《夕阳秋色图》。

《层叠冰绡图》为绢本立轴，纵 101.5 厘米，横 49.6 厘米。画幅中部有杨后题"层叠冰绡"四字，是为画名。图的上部又有杨后亲笔题诗：

> 浑如冷蝶宿花房，拥抱檀心忆旧香。
> 开到寒梢犹可爱，此般必是汉宫妆。

诗后所钤"丙子坤宁瀚墨"朱文长印，告诉我们题画时间应在 1216 年。与文字相配合的图像是马麟所绘的两枝梅花，疏梅绿萼，一枝昂首，一枝低头含笑。萼与花瓣以细笔勾勒，先用淡绿染出萼片和花瓣的底部，再用白粉晕出层层叠叠的花瓣，充分表现白梅那种洁如缣素，润若凝脂的俏丽姿容，再加上清癯如铁的枝干，整件作品无论构图、用笔和表现方法都与前文提及马远的《倚云仙杏图》十分相似，同样有着杨桂枝的亲笔书题，同样有枯疲多节的枝干，还有以同样方式选型的娇柔花朵。尽管马麟的生卒年不详，但目前已知他最晚的绘画作品《坐看云起图》作于 1256 年，距离这幅作于 1216 年之前的作品，时间跨度 40 年。可知《倚云仙杏图》是马远职业生涯初期的作品。该作品显示出马麟秉承家学，训练有素的造型功力。当然，在用笔方面，年轻的马麟还不及父亲马远那般稳健。

二、存世瑰宝藏福地，诗苑画坛碧玉壶

在张伯驹先生的《春游琐谈》里，共有三个章节谈到南宋杨皇后其人，是其他人物所不能比的。究竟什么原因使张伯驹及笔友如此关注其人其事？杨妹子为何超越美术史上书画大家，被多次专门加以大书特书？

2012年11月，上海博物馆举办的《翰墨荟萃——美国收藏中国五代宋元书画珍品展》上，一件署名杨妹子的书法团扇格外引人注目。这件作品书于1225年前后，典型的宋代宫廷风格，上面有四句诗："薄薄残妆淡淡香，眼前犹得玩春光。公言一岁轻虎悴，肯厌繁华惜醉乡。"这四句诗，似乎不只是描写春光，字里行间隐含着对已逝青春的回忆和感慨。

展览标签上没有作者介绍。那么，这件流传千年的团扇之上的"杨妹子"究竟是谁？中国历史上又有谁敢于把"杨妹子"这样别致而又通俗的名字直接署在书画作品之上？对普通大众而言，这么普通的名字如何能与千年传世名画联系在一起？实在是闻所未闻。但对于博物馆和鉴定大师而言，杨妹子却并不陌生。因为这个名字并不是第一次出现。不仅是在美国大都会艺术博物馆，在故宫博物院的许多宋代名画上，都曾经出现过这位杨妹子的题字。

杨妹子在南宋画家马麟的传世名画《层叠冰绡图》中题图名"层叠冰绡"。

马麟，麟一作辚，原籍河中（今山西永济），南渡后三代居钱塘（今浙江省杭州市）。马世荣之孙，马远之子，生卒年不详。马远是宋光宗、宋宁宗两朝的画院待诏。马麟画承家

学，擅画人物、山水、花鸟，用笔圆劲，轩昂洒落，画风秀泊处过于乃父。《画史会要》："谓麟不逮父。远爱其子，多于己画上题麟，盖欲其章也。"

南宋马远《倚云仙杏图》描绘的是一枝杏花轻灵润秀、堆粉砌霜之姿。用笔精细工整，设色淡雅，气韵生动。右上角有杨妹子题"迎风呈巧媚，泡露逞红妍。"左下角是马远署款"臣马远画"。

20世纪60年代末，台湾著名的书画家、书画史家和鉴定家江兆申先生发表了《杨妹子》一文，他通过对台北"故宫博物院"收藏的有杨妹子题字的绘画作品，以及美国收藏家顾洛阜收藏的杨妹子书法作品的研究，再辅之以翔实的文献史料，披沙拣金，考据论证，进一步确定了杨皇后与杨妹子实际上同为一人，而"杨娃"则是人们杜撰出来的。此文比启功先生的文章论证更为详尽，图片和史料丰富，所以也更有说服力。江兆申与启功两先生分析性的阅读和解释性的写作所得出的结论，后来得到了书画史研究专业人士的普遍认同。一片弥漫在中国书画史、鉴藏史上近五百年的迷雾就此散去，终于真相大白。江先生曾在文章的结尾处不无感慨地引用了孟子的一句名言："尽信书，则不如无书。"

三、宋杨婕妤百花景，艺术造诣远征途

杨桂枝本人就是一位能诗、工书、擅画，极具才华的女书画家。她喜欢在宫廷画家的作品上题字作诗，现有十余件含有墨宝的画作传世。杨桂枝具有文学才华以及精熟的书法技艺。杨桂枝的书法造诣颇高，她书写的《道德经》至今仍在，行

家赞她的书法"波秀颖，妍媚之态，映带漂湘"。她曾经在当时多位宫廷画家如朱锐、马和之、刘松年、李嵩、马麟等的画上题诗，足见她对绘画艺术的热爱。现藏于台北"故宫博物院"的马远《华灯传宴图》，就有杨桂枝的题诗。

杨桂枝本人的绘画作品传世较少，截至目前，发现的除吉林省博物馆藏有的《百花图卷》外，还有上海博物馆的《樱桃黄鹂图》和天津博物馆的《月下把杯图》。其中，《百花图卷》被有关专家学者称为中国存世最早的女性画家作品。该画卷于1955年在长春市内被发现，后流入北京市，最终被大收藏家张伯驹先生收藏。1964年，张伯驹先生任吉林省博物馆副馆长期间，将《百花图卷》捐赠给了吉林省博物馆。

南宋杨婕妤《百花图卷》绢本矮幅，工笔设色，横324厘米，纵24厘米。一寿春花，二长春花，三荷花，四西旋莲，五兰花，六望仙花，七蜀葵，八黄蜀葵，九胡蜀葵，十暗提花，十一玉李花，十二宫槐，十三三星在天，十四旭日初升，十五桃花荷花，十六海水，十七瑞芝，共十七段。整个画面真实地展现了自然界百花争艳、万物欣荣的景象，洋溢着宁静欢悦的情绪，每段小楷书标花后并纪年、诗句。书法娟秀平正，稍带颜体。绘画用笔工致纤细，设色浓丽典雅，其中山水小品技法颇类马远、夏圭，花卉略近马麟风格，其中最近马麟绘画风格的是画卷中第五段所绘的兰花，该《百花图》长卷为典型的南宋院体画。

《百花图卷》的整个画面真实地展现了自然界百花争艳、万物欣荣的景象，洋溢着宁静欢愉的情绪。每段小楷书标花名、纪年，并题诗句一首，可谓诗画俱佳，珠联璧合。作为一代皇后，如此多才多艺，令人称奇。

吴其贞在《书画记》中载："杨妹子绢画一卷十七则，气色佳，画天日云三则，余皆花卉。法简而文绝，无画家气，每则有一题咏。"杨桂枝的诗画作品，是南宋诗苑画坛中的一枝奇葩，其诗词书画上的艺术造诣在后世史书、书画专著中亦颇受称誉。

为什么将杨桂枝称为中国美术史上第一女性？从王羲之的卫夫人开始，其人并无证据说明、也无传世作品，宋高宗的吴皇后虽有少量传世作品，但其艺术水平并不甚高。只有杨桂枝掌控朝政、身世传奇、艺术造诣高、存世瑰宝的知名度高，尤其是美术史上无人能与之相比。

杨桂枝的画风为南宋院体，景物用马远法，花卉取马麟画法，画法简练，设色妍丽。

这真是：

> 迢递烟波生有涯，坦荡情怀云峰排。
>
> 美术史上第一女，诗苑画坛一奇葩。
>
> 华灯溢彩情无限，明月满街雅士怀。
>
> 冰封绝壁勤煮酒，梅傲寒崖筑花台。

第十九章
诗歌书法配图画　宫廷艺术显风流

　　中国美学概念中的诗、书、画"三绝",往往被认为是文人的专利,而与宫廷艺术无关。事实上,早期书画的结合是在宫廷与文人两条线上并行发展的。

一、波撇秀颖见功力,南宋杰出书法家

　　杨桂枝不仅是皇后,而且对南宋宫廷绘画艺术的发展也有积极的推动作用。除了诗词,杨桂枝的书法也常为人称道。她的书法宗晋、唐,得力于《黄庭经》。据文物鉴定家称,这是南宋时期艺坛的流行体。她的书法作品流传至今的极少,书写完整的只有一部《道德经》,她被称为"宋代最杰出的女书法家之一"。

　　清代姜绍《韵石斋笔谈》评其书法"波撇秀颖,妍媚之态,映带潇湘"。杨皇后的书法字体不仅娟秀工整,而且仿宋宁宗书迹,能达到以假乱真的地步,足见其书法功力,这也与史书记载的杨皇后"书法类宁宗"相契合。

　　南宋皇室自高宗起,吴皇后、刘贵妃、孝宗、光宗、宁宗、杨桂枝皇后,几乎代代能书,并且书法造诣均达到相当高

的水准，绝无他代可与之比拟。南宋在高宗之后的皇帝，孝宗、光宗、宁宗都继承了高宗的风格，也包括杨桂枝。她的书法中起笔带尖，流畅的连字，华丽的捺笔，都展示了她对高宗风格的继承。

朱惠良女士在《南宋皇室书法》一文中，对杨桂枝的书法风格做了细致的分析，并将其大略分为三个演进阶段：早期书风一丝不苟，结字紧、用笔尖、笔画瘦，写来笔笔着意；中期书法吸收颜真卿风格，字体整秀，笔画较粗，方圆并用，捺笔呈燕尾状；晚年技艺精熟，结字较扁，横画多呈弧形，捺笔仍作燕尾，转折全用圆笔，有一种朴拙柔美的气息。杨桂枝的书法吸收了普遍认为最阳刚的书法——颜真卿的风格，转变了南宋皇室书法的阴柔面貌。这种转变很容易使人将艺术风格与其个人性格品质联系起来，因为不仅书法风格如此，连她最赏识的画家马远，也是以刚劲爽利的用笔著称。

在中国漫长的历史长河中，多数平庸的人被后人淡忘了。杨桂枝和马远，由于他们有高超的文学艺术成就和修养，留下了稀世画作和不朽诗文，特别是杨桂枝的诗，当今学人如傅星伯先生，对此已进行了收集和整理。杨桂枝的墨迹也曾出现在杭州的展品中，她的遗址也已经发掘重现于世。马远的《王宏送酒图》也已回故里展出。所有这些，都说明了这位南宋恭圣仁烈皇后杨桂枝和南宋宫廷画家马远，又回到了人们的视野。

妍媚之态书法美，丹青留香美名扬。

二、诗歌图画加书法，有机结合绝代佳

文字与图像的关系，是中西方美学史上老生常谈的课题。

在 13 世纪，追求优雅与悠闲的生活方式在南宋宫廷得到复兴，而这一时期的关键人物就是南宋皇后杨桂枝。韩庄在他的《诗意空间：钱选与诗画结合》一文中写道："似乎很可能杨妹子（杨桂枝）在绘画向审美对象的转化过程中发挥了重要的作用。在她之前，任何卷轴与扇面上都无法看到文字与图如此密切地联系在一起。"

诗歌、书法与图画三者有机结合，展示出新的美。这种由杨皇后配诗的画作，有先有画后配诗的，也有诗在先后绘画的。

《层叠冰绡图》上的题诗，也收录于《南宋院画录》、作者清人厉鹗撰辑的《宋诗纪事》中。因此，《层叠冰绡图》上的题诗也是杨桂枝所有题画诗中，唯一文献与图像能对应上的作品。从文本看，该诗名"绿萼玉蝶"与"白玉蝶梅""暮雪红梅""烟锁红梅"一起，原来是杨桂枝《题马远单条四幅》四首诗。这四首诗后都标注："（再题）霞绡烟表和（再题）层叠冰绡。"南宋有诗题的绘画，究竟先有诗还是先有画？很难加以判断，因而只能推测，最初是由杨桂枝与马远分别以白梅、雪中红梅、雾中红梅和绿萼梅为主题赋诗作画。这次合作，应该是十分成功的。

马麟当时应该是画了四幅，只是另三件未能传于世。从唯一得见的《层叠冰绡图》看，年轻的马麟以父亲的风格精谨作画，将清香冷艳的梅花描绘得毕肖入神。在马远年岁渐高时，杨桂枝想必十分欢喜她最中意的画师后继有人，于是书写诗句赐题画名，以示对马麟作为马家画业继承者身份的认可。杨桂枝一生仅为马远、朱锐、马和之、刘松年、李嵩、马麟6位画家题跋，而这时年轻的马麟与其他几位大师的地位尚不可同日而语。此时，能获得杨桂枝亲题的，必然还是因为杨桂枝对马远的偏爱，提携其子。

这一次的诗画合作，应是杨桂枝有诗在先，马麟以"绿萼玉蝶"为主题作画于后。但马麟在绘画时并没有完全理解诗意，相反他通过忠实、客观地摹写自然，表达了和杨桂枝同样的、对这清高素洁的花卉的感受。林顺夫先生在《中国抒情传统的转变：姜夔与南宋词》中谈到 13 世纪初期新美学精神的确立时指出，在一个社会风尚雅致、生活方式悠闲的时代之中文人产生了对"物"的关注。由于关注于物，词作者不再把自己的感受当作抒情重心，而把自己当作抒情重心的观察者。外在的"物"上升成为抒情主体；由此改变了"诗言志"的传统，实现了南宋诗词由诗人的自我抒怀向借物言情的转变。《层叠冰绡图》中的诗与画表达出的正是"镓物寄情"。马麟的绘画以客观的观察与写实的手法描绘宫梅的风貌韵致，以普通的自我感知对象。而杨桂枝在诗里也不再不加掩饰地表达自己的主观情绪，而是从诗歌当中走出来，以旁观者的姿态冷静地描述对象。只在诗的最末一句将可爱的宫梅比作汉宫装，联系到汉宫班婕妤"秋风执扇"的典故，再对比画中真实描绘的"冰肌玉骨"，不禁使人感叹"好花不常开，好景不常在"，由此更深刻地体现出诗中隐含的有关爱恋与遗弃的含义。方闻先生评价这件作品："诗与画之间的关系已超越了文字与图像的简单搭配关系。"客观事物的含义是与之相关的多层次的象征性和文化性价值的总和，同时，如果没有相关文字的配合，形象可能永远不会为人们所完全理解。

虽说杨桂枝"书法类宁宗"，但从二人传世作品来看，区别还是比较明显的。宁宗皇帝的传世真迹很少，仅三件，题马远《山径春行册》、题马麟《暮雪寒禽图》和《芳春雨霁图》，均藏于台北"故宫博物院"。

杨桂枝在马麟《层叠冰绡图》上的题诗，借鉴了颜氏作品中的字体比例，将单个字体均匀地分布。笔法的细微处，诸如起笔较重而呈锥形的整画，捺笔末端的"燕尾"凹口，都显示出她效仿唐代书法家风格。高宗皇帝的书法被称为南宋宫廷"王朝象征"的标准化字迹，但常被诟病过于温柔，甚至软弱。杨桂枝的书法却因吸收了传统上被认为最阳刚的书法——颜真卿的风格，而转变了南宋皇室书法的阴柔面貌。这种转变很容易使人将艺术风格与其个人性格品质联系起来。因为不仅书法风格如此，连她最赏识的画家马远，也是以刚劲爽利的用笔著称。杨桂枝对这种阳刚风格的偏好是否呼应了她在政治上的果敢强硬？韩文彬先生也认为，杨桂枝对颜氏风格的吸收似乎试图为南宋王朝"发展出一种新的标准字迹的范例"。但他最后也承认，"也许杨后最终并未设法发展一种显著个人风格，因为南宋宫廷世界里，这并非一件适合女性去完成的事情"。

我们从《层叠冰绡图》已经知道，即使是宫廷里最具政治权力的人，杨桂枝作为女性，也唯有哀叹情爱与生活短暂易逝，终究无法摆脱"秋风执扇"的命运。杨桂枝"缘物寄情"，以隐喻手法的咏梅诗丰富了马麟绘画的内涵，赋予其象征性与文学性的多重含义。而马麟捕捉到杨桂枝的诗意意象，他作为一个沉默的参与者，用图像表达出宫廷赞助人的意愿。从而，完成了这幅在南宋时期最具有进步性的作品；同时，《层叠冰绡图》也是中国艺术史上文学与图像结合进程中，具有里程碑意义的作品。

杨桂枝作为女性，她的书法与美术作品相结合，达到后人如此高的评价和赞美，确实是件不易之事。

三、书画相融显风采，题画墨宝传世人

为画家的画题诗，也是杨桂枝的诗之特点。

杨桂枝很擅长将书法与图画相结合，于画中题诗、诗中有画。从内容上看，杨桂枝的题画诗大部分以花卉为主题。比如，较有名的《层叠冰绡图》，由南宋马远之子马麟所作，画的是梅花中的名贵品种绿萼梅。杨桂枝在画轴上题图名"层叠冰绡"，并题诗："浑如冷蝶宿花房，拥抱檀心忆旧香。开到寒梢犹可爱，此般必是汉宫妆。"钤："丙子坤宁宝""杨姓之章"（皆为杨桂枝印章）。

杨桂枝有多帧题画墨宝传世，其中题马麟《层叠冰绡图》是较早的一件文字与图像超越简单搭配的作品，"层叠冰绡"四字极富诗意，为此图增色不少。

文字与图像的关系已是中西方美学史上老生常谈的话题。公元前 5 世纪希腊的抒情诗人西蒙尼德斯提出，"画是无声诗，诗是有声画。"后来，中国北宋文人苏轼也有"诗中有画，画中有诗"的类似表述。不过先贤们工整的对句往往引起人们的误解，认为诗与画是可以随意互换的。事实上"无声诗"和"有声画"只是表达出两者间的一般关系，文字与图像终究是两种不同的表达工具。

在中国艺术史上，文字与图像除了诗人与绘画，还包括书法，即诗、书、画"三绝"。在诗书画三者的融合过程中，文人起了至关重要的作用。13 世纪末期，由苏轼倡导的文人画

逐渐发展成为中国画坛的主流，诗歌、绘画和书法之间的关系也随之进入了一个新阶段，三者之间不再是简单地彼此加强，而成为创造性表现的连锁形式。

书法是中国文人的必修课，因此古代中国的文学家往往也是书法家。中国的书法与绘画使用相同的工具——笔墨纸砚，使得文人参与绘画十分方便，因此中国美学概念中的"诗书画"不仅是文人画的重要象征，更成为文人的专利。这势必导致一个极大的偏见，就是宫廷艺术在其间的作用被完全排除。宫廷绘画自从董其昌归入"北宋"之流，便与"南宋"文人画有了泾渭分明的界限。作为自我表现手段的"三绝"与宫廷内的"匠作"之流，似乎理所当然是毫无关联的。事实上是，在文人画于元代成为中国画坛主流之前，宫廷艺术才是推动三者融合的主力。苏轼的理论，在同时期宋徽宗的画学与画院内得到实践。徽宗是一位有艺术才华的皇帝，他对诗画融合的理论和实践，反映在他所推行的以诗句命画题画士之办法。"下题取士"创立于徽宗朝之画学制度中，而后续行于画院。学者妻慧淑将此举视为南北宋画风巨变的关键所在，因为他一方面启发了文学性绘画的大发展，另一方面使画家不再描摹自然所"真"与"理"为创作目标，而强调绘画与意境的传达。

北宋倾覆后，11 世纪末的诗画理想在 13 世纪之交追求优雅与悠闲生活方式的南宋宫廷得到复兴，而这个时期的关键人物就是南宋皇后杨桂枝。韩庄在他的《诗意空间：钱选与诗画结合》一文中表达了这样的观点："似乎很可能杨妹子（杨桂枝）在绘画向审美对象的转化过程中发挥了重要的作用。在她之前，任何卷轴与扇面上都无法看到文字与图像如此密切地联系在一起。"

工于诗画造诣深。杨桂枝深居内宫，马远的画对于她来说无疑构建了一片优雅宁静的世外桃源。在这里，她可以不避行迹，畅抒胸臆。因此，杨桂枝在马远作品上表露出个人的情感也不止这一回。

宋室南迁后，帝王倡导以艺载送，重视礼乐教化，多位帝后承袭了宋皇室喜好翰墨、重视文艺修养的传统，杨桂枝是其中很有代表性的一位。她不但容貌倾国倾城，唱腔优美，政治智慧高超，品德流芳于后世，更难得的是，杨桂枝学识渊博，工于诗，善于画，还曾为宁宗皇帝代笔。她的书画素养之高，在历代的后妃之中都很罕见。

宁宗皇后杨桂枝，是中国历史上颇具传奇色彩的女性。从乐女到皇后，她写就了中国古典版的灰姑娘童话。"涉史书，知古今，性复机警"，简短几字生动地勾画出杨桂枝的剪影。

四、妹子杨娃秀丽人，皇后美名嘉桂枝

在给自己或别人的美术作品题诗、题句时，杨桂枝曾用"杨妹子""杨姓"做名字。经考证，杨妹子和杨姓（"娃"系"姓"的误判），实际上就是杨桂枝本人。

关于杨妹子和杨娃、杨妹子和宋代的杨皇后究竟是不是一个人的讨论，从很早以前就已经开始了。

根据史料分析，归纳起来有这几点谬误：一是说杨妹子和杨桂枝是两个人，说杨妹子是杨皇后的妹妹。元末人陶宗仪《书史会要》卷六记载："杨氏，宁宗皇后妹。时称杨妹子，书法类宁宗。"

二是把杨姓说成是杨娃。明代文学家、历史学家王世贞又将杨姓想象成杨娃，弄得更加扑朔迷离了。在十二帧画上均题字的"赐大两府"上端，有"壬申贵妾杨姓之章"朱文长方小印。南宋内府为蜜印（又称水印），印泥用白及水或蜜调制，有些还加入少量的珍珠粉。但此类印泥在绢上极易褪色，经过了300年左右的时间更是模糊难辨。所以王世贞将"壬申贵妾杨姓之章"中的篆书"姓"字误读为"娃"字，望字生义，凭空想象而虚构出一个所谓的"杨娃"来。

三是说杨桂枝是孤儿，没有兄弟姐妹。

四是说她妹妹杨妹子的书法类似宁宗。

由于对名人名家的过分信赖和崇拜，从而使得后人对他们的某些失误也深信不疑，这样的案例在古今中外的文化史或艺术史上不胜枚举。人类的许多历史，就是在接受这种误解与真相的角逐过程中改变了自己的面貌。

现代书法家启功先生在《启功丛稿》中《谈南宋画上题字的"杨妹子"》，认为杨娃即杨姓之误，杨姓即杨后。徐邦达先生认为，将杨后和杨妹子视作二人是明清学者的讹误，理由有三：一是周密的《齐东野语》及叶绍翁的《四朝见闻录》皆证明杨后是孤儿，并无兄弟妹，哥哥杨次山也是后来认的，并无血缘关系；二是现存的杨氏书画题字，字体一致，只有早期、晚期的些许变化，并无出自二人之手的迹象，况且"坤宁宫翰墨""坤卦""坤宁殿"诸印，除皇后可以使用以外，其他人不可擅用；三是在元吴师道《吴礼部集》卷四中，题《仙坛秋月图》诗注有这样的记载："宫扇，马远画，宋宁宗后杨氏题诗，自称杨妹子。"在这里，启功先生虽有否定了杨妹子与杨皇后是两个人这一点，但其理由是不充分的。

从宗谱的记载和淳安县里商当地民众的世代传承，证明上述几种说法都是错误的、站不住脚的。事实证明：杨妹子、杨娃和杨桂枝是同一个人。首先，把杨妹子说成是杨皇后之妹妹，这是凭字面想象出来的。因为杨桂枝本来就没有妹妹，杨妹子就是杨桂枝，是同一个人，而不是两个人。《杨妹子》卷三记载："关于杨妹子有无其人一样，名家意见殊不一致。余以为杨妹子即宋宁宗之杨皇后，而非杨皇后另有其妹。"很明显，这个杨妹子相当于今人的笔名、艺名、网名之类。吴师道才华渊博、治学严谨而被奉为"海内师表"，他的判断不能轻易被否定。其次，把"杨娃"说成是另一个人的说法也不对。杨娃的"娃"字是杨姓的"姓"字之误写，不存在杨娃这个人。再次，把杨桂枝说成是孤儿和"认杨次山为兄"也是错的。《宏农杨氏宗谱》记得很清楚，杨桂枝上有 4 个哥哥、1 个姐姐，杨次山是她的大哥。说杨次山"是杨桂枝认的哥哥，没有血缘关系"，没有一点根据。更为离奇的是把杨桂枝的亲侄儿杨石、杨谷说成是杨桂枝之兄弟，更是一派胡言乱语。最后，把杨妹子说成是杨皇后的妹妹，书法类似宁宗，这就更是离题万里了。前面已肯定杨妹子就是杨皇后。我们退一万步，假设杨妹子是杨皇后的妹妹，那也是经不起推敲的，因妹妹不可能进皇宫，也就谈不上见到皇帝。她妹妹的书法怎能又与宁宗相类似？又怎能为皇宫画院的画家题诗题句？而只有皇后杨桂枝天天与皇帝生活在一起，经常一起练书法，才有可能与宁宗类似。杨皇后自小在宫廷中长大，接受宫中良好的文化熏陶，故而通经史、工于诗。数年后，被赐予小其 6 岁的赵扩。她与宁宗一起学习书法，又受皇帝委托做校理书画的工作。因此"书类宁宗"是有可能的，且她有资格为宫廷画院的画师及名画家题诗题句。

　　实际上，明、清人所见相关书画题词作者解释的张本，大都基于以谬误传谬误。"娃""妹子"皆女孩普通的亲切的称呼，既由他呼转作自名，应该顺理成章。况且，"娃"字又是"姓"字的误判。

　　正是：

　　　　　山里凤凰飞神州，农家女子圣旨求。
　　　　　巾帼英雄当皇后，传奇人物数风流。
　　　　　题诗寄趣情相勾，饮酒恋愁玉珠留。
　　　　　风骚一脉鸣远道，情意千秋沃平畴。

第二十章
功过是非评国粹　人间和顺天下亲

在历史上、在社会中，几乎每个人去世后都会有人评论的，尤其是名人、当官的，更是有人评论。"谁人背后无人说，谁人背后不说人"？然而，人们评论一个历史人物的功过是非时，必须坚持辩证唯物主义的原则和客观真实的态度，要站在广大人民群众利益的立场上，而不是以唯心主义、形而上学的观点，从个人的视角、不分青红皂白就随意予以评价。

那么，如何评价杨桂枝这个历史人物？翻开史书，无论是正史还是野史，对杨桂枝的评论较多，有褒也有贬，总的来看，褒多贬少。大凡有这几方面：一是杨氏生得极美。美到什么程度？据说，吴皇后曾在长乐宫举办宴会。席间，杨氏深深吸引了尚是嘉王的宁宗，使他难以忘情，被她的美貌所倾倒，遂请求赐婚。二是多才多艺。杨皇后能歌善舞，诗词、书法、绘画，样样俱佳，出类拔萃。三是聪敏伶俐，有智有谋。在错综复杂、明争暗斗的历史舞台上，她处事果断，稳操政局，体现出一个政治家的风范。四是关爱百姓，体恤民情。她身为皇后，但没有高高在上，欺压百姓，而是体贴民众疾苦，处处为民众说话。

一、机警明慧通经史，岁月深处知古今

她，是一个能歌善舞的艺术家，擅长诗词的女诗人，南宋院画的美术家。

春风吹拂，拂去丝丝缕缕的春愁。眼眸里，含着一汪清澈的春水。唇齿间，描摹着醉人的梅红。内心处，仿佛被一缕春风，吹来了千个红萼。迤逦的心事，也如桃花一般，含苞待放。

杨桂枝不仅人长得漂亮，而且很聪明，很有才华。她，从小就展露出对诗词的特别的兴趣。孩提时，父亲杨纪就发现这一点，故特地让 4 个儿子带着她读书写字。她性机警，涉书史，知古今。她虽出身微贱，幼年于戏班学杂剧，却工书善画，更擅长诗词，偶于书画上自署名为杨妹子。著作以宫词较多，编入《二家宫词》《四库提要》，曾有其目，题画诗词散见于南宋院画录；善作花卉，真迹已不可见；书法真迹流传至今者，目前最少尚有 8 件。

杨皇后有诸多诗词流传于世，多收集在一本由宋理宗题写书名的《杨太后宫词》中。杨皇后写的这部诗集共收录诗词 50 首，主要以宫廷生活为题材，被后世称为宋代升平诗歌的典范，对宋代文坛有一定的影响。

为画上题诗、题句，使诗文含画意，画面出诗句，这是她的书画作品的又一特色。我们能借助流传至今的诗词歌赋、书法绘画，看到一位工诗词、善书画的才女。作为一代皇后，杨桂枝如此多才多艺，实在令人称奇。

二、诗山画水草木深，细雨清风天地新

一笔一画苦下功，皇室书法留后名。杨皇后是一个书法家。

杨桂枝从小在一个富有文化气息的家中长大，能诗词，善书画，精鉴赏。她的画风为南宋院体，设色妍砥，画法简练。景物用马远法，花卉取马麟法。内府所收马远画卷上，很多都有杨皇后的题诗。她的书法严谨娟秀，妩媚多姿，被称为"宋代最杰出的女书法家之一"。她不但能诗，还善作词，如《诉衷情·题马远画〈松院鸣琴图〉》："闲中一弄七弦琴，此曲少知音。多因淡然无味，不比郑声淫。松院静，竹林沉，夜沉沉。清风拂轸，明月当轩，谁会幽心？"（《词林纪事》）

杨皇后绝非徒有美貌的花瓶，她有真才实学，擅长书法，特精小王笔法，与宫廷画院的画家亦有交游往来。书画与琴，是她为数不多的爱好。赵扩曾写过一首词，名叫《浣溪沙·看杏花》："花似醺容上玉肌，方论时事却嫔妃。芳阴大醉漏声迟，朱箔半钩风乍暖。雕梁新语燕初飞，崭旧犹送水精厄。"其性情，于此可见一二。

杨桂枝在《层叠冰绡图》上题诗的书法也值得关注。此画与《倚云仙杏图》的题字有明显差别，前者疏朗流畅，后者谨严瘦削。乍一看，似乎不出自一人之手。朱惠良女士在《南宋皇室书法》一文中，对杨桂枝的书法风格做了细致分析，并将其大略分三个演进阶段：早期书风一丝不苟，结字紧、用笔尖、笔画瘦，写来笔笔着意；中期书法吸收颜真卿风格，字体整秀，笔法较粗，方圆并用，捺笔呈燕尾状；晚年技

艺精熟，结字较扁，横画多呈弧形，捺笔仍作燕尾，转折全用圆笔，有一种朴拙柔美的气息。很显然，马远《倚云仙杏图》题句为杨桂枝早期书迹，而马麟《层叠冰绡图》上的题字是杨桂枝中期所为。这与我们此前对两幅画作绘制时间的判断是吻合的。

她刻苦好学，被称为宋代最杰出的书法家之一。而从"人世难言开口笑，黄花满目助清欢"的题诗看，这应该也是她身在宫廷的心灵写照。可惜的是，《王宏送酒图》画里的内容究竟是什么情节，已经无从考证了。

杨桂枝的笔法与宁宗相似，她能模仿宁宗赵扩的笔迹，暗地假传将韩侂胄除掉的圣旨，竟连韩侂胄都没有识破。

三、措施果断手段硬，机警睿智勤理政

杨桂枝从容面对宫廷内明争暗斗的政治旋涡，是一个足智多谋的政治家。纵观淳安史上第一位平民皇后杨桂枝传奇的一生，我们通过一系列的政治事件，可以看到一位"涉书史，知古今，性警敏，任权术"的杨皇后。

历史上评价杨桂枝的有关篇章，笔笔尽是浓墨重彩：正位中宫、反对开禧北伐、矫诏杀韩侂胄、拥立理宗登基、垂帘听政。有些史书上把杨桂枝写成有野心、阴险狡猾的人，甚至把南宋的破灭也归咎于杨桂枝身上，这显然是片面的、不实事求是的，故也是错误的。

《宋史·后妃传》记载，诛杀韩侂胄后，宁宗开始并不相信，过了3天，宁宗还说他没有死。原来，这件事完全出自杨桂枝和史弥远等人，皇帝开始并不知道。可见，此时宁宗对诛

戮韩侂胄一事还蒙在鼓里。就这样，杨皇后除去了挡在她面前的最大一道障碍，也巩固了宁宗的地位。从此，再无人敢对她指手画脚了。为达此目的，杨皇后精心地谋划了4年，隐藏了4年，等待了4年。杨皇后采取果断措施、强硬手段，果断地除掉韩侂胄，协助丈夫宁宗稳定政局。

宁宗病故，在接班人问题上，杨皇后又巧妙地与史弥远斗智斗勇。在由原先定下的接班人赵竑改为赵昀这件大事上，史弥远早有计划，早已培养赵昀，但最终必须取得皇后的同意。杨皇后也看出史弥远有野心，大权独揽，就像史书上写的："走了一个韩侂胄，又来了一个韩侂胄。"杨皇后面对这一情况，一方面自身进退两难，犹豫不决，因这毕竟是一件大事。另一方面，她又想借此打压史弥远的嚣张气焰，一直到史弥远第七次派她侄儿到后宫去请示才同意。而且，她让史弥远亲自把赵昀带来，当着史弥远的面拉过赵昀，轻轻拍着赵昀的后背说："从今天起，你就是我儿了。"之后，又令史弥远带着赵昀到宁宗赵扩灵柩前举行仪式。这一系列行动都暗示史弥远：让赵昀接任，是我杨皇后决定的，而不是你；暗地里警告史弥远不要太猖狂。

纵观杨皇后的一生，她享尽了常人所不能及的荣华富贵，却也尝尽了常人所不能懂得的孤独滋味。她一生都在书写传奇，从一介平民蝶变为大宋皇后、皇太后，她集权势与才艺于一身，她融胆识与智慧于一体，她用行动完美地诠释了巾帼不让须眉。

四、正本清源经历练，金杯把酒壮盛行

在历史上，人们对杨桂枝的功过是非的评论有褒有贬。有

些史书作者，总是站在统治阶级利益立场上说话，对杨桂枝的评价以贬为主。从所记载的历史事实来分析，这是片面的，不公正的。

杨桂枝是一个有才华、有上进心的女人。杨桂枝协助宋宁宗处理一些政务时，并没有直接干预。首先，她用计除掉权臣韩侂胄，正是由于韩侂胄大权独揽、架空皇帝，除掉这样的权臣巩固了宋宁宗的地位，稳定了社会，更没有错。其次，杨桂枝顺应史弥远的意愿，巧妙地改立赵昀为太子，既避免了宫廷内的一场血腥斗争，又削弱了史弥远势力，让他不再目中无人。至于宋理宗出于对杨皇后扶持之恩，册封杨桂枝为皇太后，并让她垂帘听政一事，说她大权独揽，把宋理宗架空，更是站不住脚的。我们必须明确，杨皇后只是象征性地听政，并未大权独揽、处处干涉理宗执政，而是做扶持工作。况且，杨皇后垂帘听政只有短短的 7 个月。

从平民到皇后的杨桂枝，在一系列政治事件中，充分运用了自己的睿智与机警、果敢与冷静，化解了一次次政治危机，留下了一段段传奇的历史。

在淳安县里商乡的百姓中，杨桂枝有着很好的口碑，人们夸她是：多才多艺女英才，忧国爱民好皇后。

回顾历史，从位居皇后的人物中看，杨桂枝是出类拔萃的佼佼者。

这真是：

> 皇后绘出书画美，出类拔萃赞声飞。
> 众说纷纭功与过，良好口碑众望归。
> 才高义重信马归，凤舞龙飞德增威。
> 弦歌共勉添风采，涕泪频挥映雪辉。

第二十一章
实录宫词世代吟　余音缭绕唱往情

宫词是古代一种诗体，主要描写宫廷生活，以七言绝句居多。由宋理宗题写书名的《杨太后宫词》，是杨桂枝以宫廷生活为题材写的一部诗词集。它是宋代升平诗歌的典范，对宋代文坛影响很大。流传至今的有 50 首（收入本章 49 首，缺 1 首），其中，"后院深沉景物幽，奇花名竹弄春柔。翠华经岁无游幸，多少亭台废不修"就是她的代表作。"思贤梦寝过商宗，右武崇儒帝道隆。总览权纲求治理，群臣臧否疏屏风。"诗意政治意味颇浓，表明了她求贤若渴、唯才是举的政治理想，也是她治理国事的真实写照。

一、实录《宫词》四十九，升平盛世藏诗中

一

瑞日瞳昽散晓红，乾元万国佩丁东。
紫宸北使班才退，百辟同趋德寿宫。

二

元宵时雨赏宫梅，恭请光尧寿圣来。
醉里君王扶上辇，銮舆半仗点灯回。

三

柳枝挟雨握新绿，桃蕊含风破小红。
天上春光偏得早，嵯峨宫殿五云中。

四

春风淡淡水淙淙，携伴寻芳过小杠。
恼杀野塘闲送目，鸳鸯无数各双双。

五

溶溶太液碧波翻，云外楼台日月闲。
春到汉宫三十六，为分和气到人间。

六

晓窗生白巳莺啼，啼在宫花第几枝。
烟断兽炉香未绝，曲房朱户梦回时。

七

剪剪轻风二月天，柳丝飘飏倍堪怜。
静凭雕槛浑无事，细数穿花燕影偏。

八

一帘小雨怯春寒，禁御深沉白昼闲。
满地红花人不扫，黄鹂枝上语绵蛮。

九

上林花木正芳菲，内里争传御制词。
春赋新翻入宫调，美人群唱捧瑶卮。

十

海棠花里奏琵琶，沉碧池边醉九霞。
禁御融融春日静，五云深护帝王家。

十一

后苑深沉景物幽，奇花名竹弄春柔。
翠华经岁无游幸，多少亭台废不修。

十二

天中圣节礼非常，躬率群臣上寿觞。
天子捧盘仍再拜，侍中宣达近龙床。

十三

水殿钩帘四面风，荷花簇锦照人红。
吾皇一曲薰弦罢，万俗泠泠解愠中。

十四

绕堤翠柳忘忧草，夹岸红葵安石榴。
御水一沟清彻底，晚凉时泛小龙舟。

十五

薰风宫殿日长时，静运天机一局棋。
围手人人饶著处，须知圣算出新奇。

十六

宫殿钩帘看水晶，时当庚伏帜炎蒸。
翰林学士知谁直，今日传宣与赐冰。

十七

云影低涵柏子池，秋声轻度万年枝。
要知玉宇凉多少，正在观书乙夜时。

十八

琐窗宫漏滴铜壶，午梦惊回落井梧。
风递乐声来玉宇，日移花影上金铺。

十九

银烛瑶觥竞上元，□□午月正当轩。
棚头忽唤歌新曲，宛转余音出紫垣。

二十

迎春燕子尾纤纤，拂柳穿花掠翠帘。
开道蕊官三十六，美人争为卷珠帘。

二十一

落絮蒙蒙立夏天，楼前槐树影初圆。
传闻紫殿深深处，别有薰风入舜弦。

二十二

紫禁仙舆诘旦来，旌旗遥倚望春台。
不知庭霰今朝落，疑是林花昨夜开。

二十三

凉生水殿乐声游，钓得金鳞上御钩。
圣德至仁元不杀，指挥皆放小池头。

二十四

（缺）

二十五

秋高风动角弓鸣，臂健常嫌斗力轻。
玉陛才传看御箭，中心双中谢恩声。

二十六

思贤梦寝过商宗，右武崇儒帝道隆。
总览权纲求治理，群臣臧否疏屏风。

二十七

用人论理见宸衷，赏罚刑威合至公。
天下监司二千石，姓名都在御屏中。

二十八

家传笔法学光尧，圣草真行说两朝。
天从自然成一体，谩夸虎步与龙跳。

二十九

泛索坤宁日一羊，自从正位控辞章。
好生躬俭超千古，风化宫嫔只淡妆。

三十

兰径香销玉辇踪，梨花不肯负春风。
绿窗深锁无人见，自碾朱砂养守宫。

三十一
缺月流光入绮疏，金壶传箭梦回初。
秦台彩凤无消息，桂影空闲十二除。

三十二
辇路青苔雨后深，铜鱼双钥昼沉沉。
词臣还有相如在，不得当时买赋金。

三十三
击鞠由来岂作嬉，不忘鞍马是神机。
牵缰绝尾施新巧，背打星毬一点稀。

三十四
黄鸟惊眠曙色开，慵梳鬟髻意徘徊。
君王早御延英殿，频唤宫人上直来。

三十五
宫槐映日翠阴浓，薄暑应难到九重。
节近赐衣争试巧，彩丝新样起盘龙。

三十六
角黍冰盘馉饤装，酒阑昌歜泛瑶觞。
近臣夸赐金书扇，御侍争传佩带香。

三十七
忽地君王喜气浓，秋千高挂百花丛。
阿谁能逞翻飞态，便得称雄女队中。

三十八

新翻歌谱甚能奇，宣索蕊官入管吹。
按拍未谐争共笑，含羞无语自凝思。

三十九

一朵榴花插鬒鸦，君王长得叹时夸。
内家衫子新番出，浅色新裁艾虎纱。

四十

天桃稚柳恣春妍，镇日呼群嬉水边。
忽地上棚宣进入，祗承未惯怕争前。

四十一

帘幕深深四面垂，清和天气漏声迟。
宫中阁里催缫茧，要趁亲蚕作五丝。

四十二

岁岁蚕忙麦熟时，密令中使视郊圻。
归来奏罢天颜悦，喜阜吾民鼓玉徽。

四十三

内园昨夜报花开，中外喧传玉辇来。
遥望红妆撩乱处，人人争献万年杯。

四十四

阿姊携侬近紫薇，蕊官承宠斗芳菲。
绣帷独自裁新锦，怕见花间双蝶飞。

四十五

好花开遍玉栏杆，挈伴拖桡浅水滩。

但笑红霞映池面，不知娇面早先丹。

四十六

小小寻春不见春，雕楣绣额映清渠。

忽然携伴凭低槛，好是双莲出水初。

四十七

日日寻春不见春，弓鞋踏破小除芸。

棚头宣入红妆队，春在金樽已十分。

四十八

海棠移向小窗栽，高叠盆山合复开。

将见红葩斗新艳，君王应为探花来。

四十九

遥夜焚香礼□□，桂花业里展文茵。

长空月浸星河影，鹦鹉惊寒频唤人。

五十

小样盘龙集翠裘，金鞍缓控五花骝。

绣旗高处钧天奏，御棒先过第一筹。

二、身临其境欣赏美，江山诗画古今通

174　　　　美术作品把诗题，诗画结合别样美。杨桂枝除了写宫词之

外，还为书画作品题诗，这是她的一大特色。杨桂枝一生仅为马远、朱锐、马和之、刘松年、李嵩、马麟六位画家题跋。其中，有先作画后作诗的，也有先作诗，然后根据诗意绘画的。这里收录几首题画诗，以供读者欣赏。

（一）百花图一卷题诗

第一段　《寿春花》己亥庚戌
上苑风和日暖时，奇葩色染碧玻璃。
玉容不老春长在，岁岁花前醉寿卮。
一样风流三样妆，偏于永日逞芬芳。
仙姿不与群花并，只向坤宁荐寿觞。

第二段　《长春花》庚子甲辰乙未
花神底事脸潮霞，曾服东皇九转砂。
颜色四时长不老，蓬莱风景属仙家。
精神天赋逞娇妍，染得轻红近日边。
羡此奇葩长艳丽，仙家风景不论年。

第三段　《荷花》辛丑癸卯丁未
试问如何庆可延，请君来看锦池莲。
呈祥只在花心见，玉叶金枝忆万年。
休伦玉井藕如船，叶底巢龟和小年。
自是心从无量佛，言言万岁祝尧天。

第四段　《西施莲》丁未

昔年曾听祖师禅，染得灵根沥沥然。
瑞相有叶青碧色，信知移种自西天。

第五段　《兰》壬寅

光风绣阁梦初酣，天使携来蕊半含。
自是国香堪服媚，便同瑞草应宜男。

第六段　《望仙花》乙巳

珍丛移种白蓬莱，细琐繁英满意开。
注目宪旌鄌昼永，尚疑星鹤领春来。

第七段　《蜀葵》丙午

花神呈秀群芳右，朱炜储祥庆叶新。
随佛下生来上苑，如丹九转镇千春。

第八段　《黄蜀葵》己酉

秀里黄中推正色，叶繁芘足霭青阴。
医经屡取为方犷，画景惟倾向阳心。

第九段　《胡蜀葵》辛亥

蜀江濯锦一庭深，谁植芳根傍绿阴。
有似在廷臣子志，精忠不改向阳心。

第十段　《阇提花》戊申

阇提花号出金仙，似雪飘香遍释天。
偏向月阶呈瑞彩，得知来自玉皇前。

第十一段 《玉李花》乙卯
仙观名花剪素琼，仙娥曾御宝车轻。
竭来月苑陪青桂，共折芳葩捣玉英。

第十二段 《无题字》壬子
虬龙展翠舞宫槐，青翼凌云羽扇开。
侍辇九嫔趋玉殿，坤仪堕佛下生来。

第十三段 《无题字》癸丑
祥光椒闼曜朱缠，初度南熏入舜弦。
环珮锵锵瑞内则，与天齐寿万斯年。

第十四段 《无题字》丙辰
楼台日转排仙仗，汉岳云开拥寿山。

第十五段 《无题字》丁巳
莲开花十丈，桃熟岁三千。

第十六段《无题字》戊午
垂祥纷可录，俾寿浩无涯。

第十七段 《无题字》庚申
千叶芝呈瑞，三河玉效珍。

（二）其他

题马远画宫扇《倚云仙杏图》

宫中美人秋思多，夜揖明月追仙娥。
昼阑桂树倚楼阁，碧落天坛飞鸣坷。

画师不解西风梦，笔端便有华阳洞。
更将妍画写清词，轻扇君王心已动。

炎精季叶堪叹嗟，引尔妖丽倾其家。
申生遗祸到济渎，鄞中丞相真奸邪。

吴宫一扫荒烟冷，旧事凄凉复谁省？
百年永鉴不可忘，留与人间看扇影！

题马远画梅四幅

其一

重重迭迭染细黄，此际春光已半芳。
开处不禁风日暖，乱飞晴雪点衣裳。

其二

铁衣翠盖映朱颜，未识何年入帝关。
默被画工传写得，至今犹似在衡山。

其三

天桃艳杏岂相同，红润姿容冷淡中，

披拂轻烟何所似，动人春色碧纱笼。

其四

浑如冷蝶宿花房，拥抱檀心忆旧香。

开到寒梢犹可爱，此般必是汉宫妆。

自画菊花图题诗

莫惜朝衣准酒钱，渊明身即此花仙。

重重满满杯中泛，一缕黄金是一年。

题朱锐雪景册

雪吹醉面不知寒，信脚千山与万山。

天瞥琼阶三十里，更飞柳絮与君看。

（三）词

杨桂枝不但会写诗，而且能填词。如：

诉衷情·题马远画《松院鸣琴图》

闲中一弄七弦琴，此曲少知音。多因淡然无味，不比郑声淫。　　松院静，竹林沉，夜沉沉。清风拂轸，明月当轩，谁会幽心？

这真是：

　　　　春风添色唱太平，流水含情万古名。
　　　　峥嵘岁月山河秀，坎坷崎岖日月明。
　　　　花藏酒肆柔情重，竹映书斋壮志清。
　　　　飞烟浓泼匡时志，纵笔勤耕怀古情。

第二十二章
多才多艺杨桂枝　一代皇后留英名

　　杨桂枝，淳安县历史上的第一位平民皇后。

　　1162 年农历二月，杨桂枝出生于宋睦州青溪（今淳安）辽源（今里商乡）十五坑杉树坞龙门㘭杨家基一个农民家庭。杨桂枝的爷爷和父亲仙逝后安葬的地方，后来改称为"皇后坪"，这个遗址就是淳安县里商乡鱼泉村皇后坪自然村。杨桂枝少年时进入慈福宫，受宪圣慈烈皇后吴氏和宋宁宗赵扩的喜

皇后坪村杨桂枝生平馆　江涌贵/摄

爱，从宫女中脱颖而出。初被封为郡夫人，一步一步晋升，直到被封为皇后。杨桂枝是一位政治家，参与铲除权臣韩侂胄、拥立宋理宗等重大历史事件；同时，在音乐、舞蹈、诗词、书法、美术等方面也极有造诣，堪称中国封建王朝极具才情与气质的皇后之一。

一、人生历程千帆过，升平盛世美名留

杨桂枝的人生具有传奇色彩。归纳起来，有以下 6 个方面原因：

传奇的智慧，从小显露才智。杨桂枝从小显露出出众的聪明与智慧，按现代人的说法是个"神童"。杨桂枝幼儿时就对诗词特别感兴趣。她父亲杨纪心中暗暗地想，如果桂枝是个男孩，必将是个干大事的人。所以，杨纪吩咐 4 个儿子，尤其是大儿子，读书时都要把妹妹杨桂枝带在身边，认真教她读书认字。后来，父母将她送到母亲张氏的一个远房亲戚、人称张夫人的民间艺人那里学习。在养母张夫人的严格教导下，她的进步很快，杨桂枝在歌舞、诗词、书法、美术等方面展露才华。

传奇的经历，从平民到皇后。据《四朝闻见录》与《齐东野语》记述，杨桂枝在年龄很小的时候，就离开了亲生父母，离开了家乡，跟养母张夫人学艺唱词。那么，一个学艺的小女孩是如何进宫并受宠的呢？她自知出身微贱，便刻苦自学，因而深得高宗遗孀吴太后的喜爱，并将其赐予宁宗皇帝，从此平步青云。1202 年，杨桂枝被册封为皇后，从宫女到皇后，她就像中国古典版的灰姑娘。

传奇的才华，显示全面发展。她是个出类拔萃、引人注目的人。一个人，某一方面表现得很出色，也很有成就，这都不稀奇。而像杨桂枝这样思维、谋略、勇气、智慧、才华全面发展，是不多的。在中国历代皇后之中，她的才华都是非常突出的。她擅长歌舞，又会诗词和书画，是宋朝宫廷里著名的音乐家、舞蹈家、书法家、画家、诗人。世传杨桂枝书法类似宁宗，清代姜绍在《韵石斋笔谈》中评其书法"波撇秀颖，妍媚之态，映带漂湘"。作为一代皇后，她如此多才多艺，实在令人称奇。

传奇的巧合，实属天降机遇。从农家之女到走进宫廷，从一个普通宫女到皇后、皇太后，一路走来，都存在机会和平台的问题。由于杨桂枝的养母张夫人唱功颇为出色，被选入宫廷乐部，时常为皇室成员献唱，因而得到了吴太后的赏识。后来，吴太后对官方乐部艺人表演不满，便想起当年的张夫人来。吴太后想念张夫人，便把张夫人的养女杨桂枝召入宫中，就是这样一个偶然的机会，年仅13岁的杨桂枝被召入后宫，从此开始了她的传奇人生。1195年，她被吴太后赐婚宋宁宗赵扩，封平乐郡夫人，时年33岁。嘉泰二年（1202），其以美貌和才智，被宁宗立为皇后。从而，铸就其从平民到皇后的传奇人生。她出身贱微，却平步青云，最终登上皇后宝座，实属不易。嘉定十四年（1221）闰八月，宁宗去世，理宗登上帝位后，又尊其为皇太后，并垂帘听政。去世后谥恭圣仁烈皇太后。

传奇的女子，是一位政治家。杨桂枝涉史书、知古今、性机警、别贤良、识奸倭，受到后人的尊敬。她智机勇敢，协助宋宁宗妥善处理一些国事，又不干预内政。她处事果断，处乱不惊，始终把握主动权，破解了一场场惊心动魄的阴谋，留下了一段段传奇。

传奇的皇后，上下一片称赞。杨桂枝堪称协助皇帝执政的好皇后，为淳安的青山绿水增光添彩。她既协助宁宗妥善处理国事，又不给朝廷留下"后宫干政"的口舌；她既接受"垂帘听政"，又不独揽大权，主动撤帘，还政理宗，受到好评。这种办事风格，有勇有谋、有进有退，恰到好处、把握分寸，确实是很不容易的。杨桂枝的一举一动，诠释了"巾帼不让须眉"的真实内涵。

杨桂枝享尽了常人所不能及的荣华富贵，却也尝尽了常人所不能懂得的孤独滋味。

二、出类拔萃杨皇后，绝代佳人写春秋

杨桂枝是一位仪态端庄、知识渊博、聪慧机警、善诗能书，而且相貌也倾国倾城的杰出女性。她是一位出类拔萃的皇后，也是一位多才多艺的绝代佳人。

从乡下走进皇宫，成为一名宫女，从一个平民女子到成为宋宁宗赵扩的皇后，再到被宋理宗册封为皇太后，既显示了杨桂枝的多才多艺和足智多谋，又显示出她不凡的胆略。她的名字和人生，写进了宋史，写进了《淳安县志》，也写进了里商乡鱼泉村的村落文化。

杨桂枝在学识上"涉书史，知古今"，在政治上"性警敏，任权术"；在艺术上"工诗词、善书画"，棋琴书画，样样精通。从一介平民到一国皇后，一路走来，留下了许多传奇的故事，书写了酸甜苦辣的人生乐章，最终成为中国古代皇后

中最具政治权力者之一。

在里商乡鱼泉村皇后坪自然村中央，有一个由该村大会堂改建的"杨桂枝生平馆"。人们一走进展厅，就能看到杨桂枝雍容华贵、仪态万方的塑像。这座雕像反映的正是杨皇后在南宋后宫生活的场景。雕像鲜明逼真，令人驻足细看，久久不忍离去。

鱼泉村村委办公楼　　江涌贵/摄

杨桂枝从一介平民蝶变为大宋皇后、皇太后，一生都在写传奇。她融知识和智慧于一体，用行动完美诠释了什么叫"巾帼不让须眉"。

正是：

> 名声显赫誉神州，匡辅朝政献壮猷。
> 善辨忠奸安社稷，永垂青史耀千秋。
> 才如风发邀诗友，文似水流豁醉眸。
> 花溪曾照循诗韵，诗卷长留斗酒筹。

后　记

2022 年，淳安县历史上第一个平民皇后杨桂枝已诞辰 860 周年了。

翻开尘封 800 多年的史册，让我们穿过长长的历史隧道，去了解一下这位皇后吧！

里商乡水资源丰富，其中主要的河流有 5 条，分别是商家源、向家源、小岔溪、塔山源、江村源。历史上，乡民们习惯把商家源称为"文源"，把向家源称为"武源"。这真是"文武双全"啊！我们沿着白云古道，进入里商乡的深山峡谷之中，眼前溪水清澈见底，山上翠竹青松，远处高山白雾缠绕，山岙中炊烟袅袅，我们不觉止住脚步，发出了"此非人间也"之感叹。

丰富的水系孕育了底蕴深厚的历史文化。这里是南宋宁宗皇后杨桂枝的娘家，该乡建立了杨桂枝生平馆、皇后衣冠墓等。

翻开史书，杨桂枝正是众多皇后中的一员。在淳安县境内，闻名的历史女性人物中，除了唐代的农民起义女首领陈硕真外，最有名的应该就是宋宁宗皇后杨桂枝了。杨桂枝是个多才多艺的人物，她集舞蹈家、歌唱家、书法家、画家、作家、政治家于一身。她，能歌善舞，工于诗，善书画；她，沉着冷静，辅助皇上执政，稳定政局；她，足智多谋，巧妙地化解危机，不负众望。别说她在女性中是一个佼佼者，即使在历代皇后中也是出类拔萃的。

1202年，杨桂枝被册封为宋宁宗皇后，成为淳安县历史上第一位平民皇后。至今，已有800多年的历史。我们认为，把这个历史人物写一下是很有意义的。由于时空跨越大，正史、野史虽有记载，但毕竟她只是一个皇后，史书不可能记载得很多、很详细，真真假假，良莠混杂。我们以文学艺术的手法来编写《布衣皇后杨桂枝》一书，它不是政治历史著作，而是记述杨桂枝人生经历的一部文学作品。本书由江涌贵和王塔新两人共同写作。江涌贵负责全书的谋篇构思、书稿的撰写、校对、修改及照片拍摄、图片的收集工作。王塔新负责相关历史资料的收集和联络工作。

三皇五帝，各种英雄传说不穷。有草根逆袭，王侯将相；有热血江湖，刺客千金一诺，游侠快意恩仇；有冷血庙堂，恨不生在寻常百姓家；有飘血争霸，秦失其鹿，天下共逐之；有霸王别姬，有忠义难全，有遗恨绵绵……历史是什么？有人说，历史就是远古人的事迹。历史承载着古人的呕心沥血。以铜为镜，可以正衣冠；以史为镜，可以知兴替；以人为鉴，可以知得失。

本书多方位地展现了淳安县历史上第一个平民皇后杨桂枝的传奇人生，目的是挖掘历史文化，取其精华，去其糟粕，挖掘、开发、利用历史文化，为经济建设和社会发展服务。书中既有翔实的史料，又融入了一些民间传说、故事；既描写了宫廷内的权势斗争，又褒扬了杨桂枝机智勇敢、辅助皇上执政的优秀能力；既抒发了她忧国爱民、扶掖朝纲的布衣情怀，又展示了她多才多艺、令人赞叹的巾帼风采。本书以弘扬区域优秀

后记

187

文化为主线，传承中华优秀传统文化，践行社会主义核心价值观；提高对优秀传统文化的认识，增强民族文化自信心；注重教育的实效性，努力培育具有"向上、向善、向美"特质的一代新人。让我们一起穿越历史的隧道，回忆过去，迎接光明。

浙江省军区原副司令员徐金才少将题写了书名。

浙江师范大学教授、中国《史记》研究会副会长、传记文学研究专家俞樟华先生为拙著作序。俞樟华是研究传记文学的专家、浙江师范大学人文学院教授，曾任浙江师范大学教务处副处长、学术期刊社社长、《浙江师范大学学报》常务副主编。俞樟华教授长期从事古代文学教学与研究，教学严谨，教法灵活生动。对古典文学教学特别是史传文学教学，达到炉火纯青的境界。他在传记文学教学中，《史记》原文经典语段，随口背诵，学生深为钦佩。1991 年，被评为全国优秀教师；2004 年，被评为全国模范教师；2003 年，获浙江师范大学"郑晓沧奖"；2011 年，被评为浙江师范大学"十佳硕士导师"；2015 年 9 月，获浙江师范大学综合奖"陶行知奖"等。俞樟华教授治学严谨，对传记文学研究颇有造诣，成果颇丰。2001 年，《传记文学方向硕士研究生培养与教材建设》（合作）获浙江省人民政府教学优秀成果一等奖；2014 年，获中国《史记》研究会学术成就奖；2015 年，《中国学术编年》（合作）获浙江省哲学社会科学优秀成果一等奖。

湖南省作家协会会员、军旅作家、书法家、江涌贵的亲密战友陈建芳，对章节名和每章结尾的诗歌进行了润色。

里商乡商会及乡亲、朋友给予了大力支持和帮助。他们是：里商乡商会会长胡贵武；里商乡鱼泉村村"两委"的商复恒、王茂华、商有根、商梦萍、商向阳、杨梅香、商卫民；王塔新的朋友郭汝中、叶新忠、陈国忠、黄祖青、姚启明、黄有富、解忠浣、商国良、商连富、徐立志、商仲秋、叶韬、王玉英、叶建忠、商学军、卢建财、叶勇根、张政、郑建来、叶志贵、叶晓明、王志军、商子泉、商越明、解中才、徐奕文、任丁标等。在此，一并表示衷心的感谢！

由于水平有限，不当之处在所难免，恳请读者不吝指正。

编著者
2022 年 5 月 30 日于千岛湖畔

后
记